真田正明

Sanada Masaaki

五十六歳で逝った妻は
教えてくれた

最高の一年

さくら舎

序章　心の穴

庭の萩が、弓なりに垂れた無数の枝に、赤紫色の小さな花をいっぱいつけている。ミンミンゼミもツクツクボウシの声も、もはや聞こえない。日が暮れればコオロギが鳴く。もう秋だ。セミの声は日光とともに上から降ってくるが、秋の虫の音は下から這い上がってくる。土の中の冷気と湿気を連れてくるかのようだ。

妻直美の葬儀が終わって何日かたったころだった。

どこへ出かけていたか、記憶はない。帰路、滑川にかかる東勝寺橋にさしかかった。橋の手前に、昔ある作家が住んでいたという古い日本家屋があった。その板塀からのぞく白い木槿の花のあたりに、クロアゲハが一羽舞っていた。鎌倉蝶とも呼ばれる、黒い羽に着物の裾模様のような鮮やかな青い装飾を持った蝶である。

　蝶は橋を渡る私についてきた。両岸の石垣を割り裂くかのように根を張った樹木が、太い幹を伸ばし、広がった枝が水面を覆っている。木の葉は風に揺れ、夏の名残の日差しが川面に複雑な影を落とす。絶えず水に削られて滑らかになった川底の岩の上を、涼しげな音を立てて水が流れていく。

　石橋を渡ると右手のたもとに小さな公園がある。かつてこのあたりにあった邸宅の名残なのだろう、数本の巨木が天を突いている。

　私にまとわりついてきた黒い蝶は、その中の一本の頂へと舞い上がり、去っていった。

　その時ふと直美の声が聞こえたような気がした。

「この橋を渡れば極楽なの」

　東勝寺橋を渡るたびに彼女が口にした言葉だった。

　橋を渡った一帯を、昔の地名で葛西ケ谷という。平地の少ない鎌倉では、谷筋の狭い土地を開き、武家が一族ごとに住んでいた。そんな場所を谷戸（または谷）と呼んだ。葛西ケ谷は北条氏の土地だった。

東勝寺橋から続く道をまっすぐ行くと次第に急坂になる。登っていくと、左手に東勝寺跡の看板がある。フェンスに囲まれた空き地である。だが、そんな狭い場所だけでなく、もともとこの地区のほとんどは北条一族の寺、東勝寺の境内(けいだい)だったのだろう。

往時は東勝寺橋を渡ったあたりに山門があった。そのため橋の手前の一帯はいまも「おもて」と呼ばれる。

鎌倉では敵は西から襲来すると想定された。いざとなったら東の山沿いのこの寺に逃げ込んで、籠城戦(ろうじょうせん)に持ち込むのが北条氏の最後の戦術だった。その際、滑川は城の濠(ほり)としての役割を果たす。

東勝寺跡をさらに登っていくと、祇園山(ぎおんやま)ハイキングコースの入り口に、北条氏の最後の得(とく)宗(そう)、北条高時(ほうじょうたかとき)の腹切りやぐらがある。山肌の岩に横穴を掘って石塔などを置いた鎌倉特有の墓である。

実際、新田義貞(にったよしさだ)が鎌倉に攻め込んだ時、北条氏は東勝寺に立てこもった。寺は全焼し、北条氏一門八百七十余人は高時とともに境内で自害したという。

滑川の対岸にある宝戒寺(ほうかいじ)は、攻め滅ぼした側の後醍醐(ごだいご)天皇が、足利尊氏(あしかがたかうじ)に命じて、北条一門の菩提(ぼだい)を弔(とむら)うために建てさせた寺だ。いま腹切りやぐらは宝戒寺が管理をしている。

横須賀線の鎌倉駅から西のほうには、鎌倉時代の裁判所である問注所(もんちゅうじょ)や、そこで有罪となった人が処刑された刑場があった。反対側の東の山のふもとのこのあたりは、時の支配者北条氏が、敵から逃れるための最後の砦(とりで)とした土地であり、その終焉(しゅうえん)の地であった。

「鎌倉では東が極楽に近いのよ」と直美はいつもそう言っていた。

だから、この橋を渡れば極楽なのである。


私たちが鎌倉に越してきたのは、その一年前の夏だった。滑川に張り出した木々の枝の間から、強烈な日が差し込んでいたのを覚えている。

そんな時にこの橋を渡ると、ふっとすこし涼しくなったような気がした。

鎌倉駅前から歩いてきて、このあたりまで来ると、人混みの暑苦しさも喧噪(けんそう)もなくなり、夏でもまだウグイスが鳴いている。

昼間は、海からの風が滑川を上ってくる。夜になると裏山の冷気がじわりと下りてくる。川に面して立つわが家では、夏の間も冷房を入れる期間は短い。その意味でも「橋を渡れば極楽」だった。

直美の死から六年たって、その家にいま私はひとりでいる。

予想もしていたし、覚悟もしていたが、一緒にいた人がいないという状況に慣れるのにはずいぶん時間がいるものだ。いや、ずっと慣れないのかもしれない。

朝日新聞社に通っていたころは、戻る時に必ず新橋駅の横須賀線地下ホームから「何時に帰る」とラインを送った。

もうラインを受け取ってくれる相手はいない。家に帰っても待っているのは直美の写真だけだ。話しかけても答えてくれる人はいない。冗談を言っても笑う人はいないし、酔っぱらって帰っても怒る人もいない。

どうしてこの家にいるのだろう、と考えてしまうことがある。ここにいる理由は何かあるのか。別にほかでもいいのではないか。それでも、たまに東京に出ると、妻が生きていた時のように、早く家に帰らなくてはと思う。彼女の姿は見えなくても、まだ彼女と暮らしている。そんな気がする。

一日が過ぎれば一日減ってゆくきみとの時間　もうすぐ夏至だ

歌人の河野裕子（かわのゆうこ）さんにがんの転移が見つかって二年目に、夫の永田和宏（ながたかずひろ）さんが詠（よ）んだ歌だ。

やがて来る別れの日を恐れながら、一日一日暮らしていく心もとない気持ちがこもっている。

それはやがてひとり残されるであろう、自分への不安でもある。

「一緒にいられるこの限られた時間に比べて、残されたあとの茫漠と長いひとりの時間を思うと、どうしていいかわからなくなるし、病人の不安より自分の不安に押しつぶされそうになっている自分を情けなくも思わざるを得ない」。永田さんはそう語っている。

いま私は「茫漠と長いひとりの時間」を生きている。この家のあらゆるところに刻まれた彼女の記憶とともに。

いろんなものがいまもペアで残っている。毎朝、私は豆を挽いて二人分のコーヒーを淹れた。それを注いだマグカップ。朝食用の仕切りのついた白いプレート。洗面所の青とピンクのコップ。室内用のスリッパは、私のものだけが擦り切れて、捨ててしまった。

ほとんどの家具類は、ふたりで買いにいった。その時と、それ以来の思いが染みついている。ダイニングテーブルは、都内のマンションに引っ越したころに買った。少々大きめなので、娘たちは自分の机よりここで勉強するのを好んだ。食器棚は、鎌倉に転居してから買った。素朴な白木が板壁に合うと意見が一致した。

まん中に囲炉裏のついた八角形のテーブルは、直美が最後に東京に出かけた時に、伊勢丹で宣伝販売していたものだ。福岡の民芸家具会社に注文して、届いたのは直美が亡くなったひと月後だった。

私の着るもの、持ちものも、多くは妻が選んだ。定年のお祝いにと釣りに使える遠近両用のサングラスを買った。辻堂のショッピングモールにある、福井が本店の眼鏡店で買おうと言ったのは彼女だ。フレームも彼女が選んだ。彼女は以前、二子玉川の同じ系列の店で眼鏡を作って、たいそう気に入っていた。

小町通りの帽子屋で、生成りの麻のハットを買った。茶色がかったすこしつばの広いのと、ベージュでつばの狭いのと、どちらにするか迷った。茶色のは三割引きだった。結局ベージュにしたら、直美が言った。

「茶色のを選んだら、やめなさいと言うつもりだった。値段じゃないんだから」

これまでもそうだったが、新しい家の中のことも、ほぼすべて直美が決めた。食器棚の食器の並べ方。どの引き出しにフォークやスプーンを入れるか。箸はどこか。流し台の下の収納に、鍋はどの順番で重ねるか。ふだん使わない調理器具はどこに入れるか。食材の買い置きは、何がどこにどれだけあるか。いろんな洗剤はどこにどう並んでいるか。倉庫のどの棚には何が入っているか。

朝起きたら、リビングの飾り窓と、ダイニングの掃き出し窓、そして川に面した窓は網戸だけにして風を入れる。どの窓は全部カーテンを開けるか、薄いカーテンだけにしておくか。それぞれ直美の作った決まり事がある。すべて彼女なりの理由があった。

この家は妻が差配していて、私はそこに住まわせてもらって快適に過ごしていた。そんな生活がこの先もゆっくりと続いていくものだと思っていた。そしてひとりになったいまでも、私は妻の決まり事に従って生活している。

都内から鎌倉に引っ越そうと言ったのも、直美のほうだった。

「もう東京はいいわ。人が多すぎる。それに年をとったらやっぱり地面の上に住みたいわよね」

新聞社に入ってから十数回引っ越しをしている。どこに行っても住むのは集合住宅だった。これまでで一番高いところに住んだのはバンコクで、四十三階建てのマンションの三十二階だ。二〇〇四年のスマトラ島沖大地震の時には、震源から千数百キロも離れているのに長周期地震動で揺れた。地上にいた同僚は何の揺れも感じなかった。

鎌倉の前に住んでいた東京の等々力(とどろき)のマンションでは、海外に出ていた時期を含めて十九年暮らした。八階建ての最上階だった。東日本大震災の時は直美がひとりでいた。仏壇が倒れ、食器棚の、彼女が大事にしていたグラスや湯飲みがずいぶん割れた。

直美は和歌山県の、いまは田辺市に合併された龍神村(りゅうじんむら)の生まれだ。実家は裏に山が迫り、目の前に日高川が流れている。山道を歩いて学校に通い、遊ぶのも山の中だったという。実家の父は地方公務員だったが、自宅の近くには田も畑もあった。農業系の職員だったこともあって、退職してからは村の役を務めながら、田畑の世話に精を出していた。

実家が持っている山には冷泉がわいていた。秋になればマツタケがとれた。家の周りにはミカンや無花果がなり、直美の母は家の裏に植えた茶の葉をとって自分でお茶を作る。近くを流れる日高川では、弟が鮎や鰻を捕ってきたという。

子どものころにそんな暮らしをしていた彼女には、長年の都会生活のストレスがずいぶんたまっていたのだろう。

娘二人も独立して夫婦ふたりだけ。人生の最後は土の上で暮らしたい、という望みは自然なことだった。

ときおり鎌倉に遊びにいくようになったのは、妻が亡くなる数年前のことだ。最初どちらが積極的だったのか、もうあやふやになってしまったが、大阪の下町育ちの私に、郊外の自然のよさを刷り込もうという直美の深謀遠慮だったのかもしれない。

最初から鎌倉に引っ越そうと決めていたわけではない。定年後にどこに住むか、ふたりの間でいくつもの妄想のような案が浮かんでは消えた。

沖縄はどうか。

海は美しいし、暖かい。ゆったり暮らせそうだが、地元でとれないものの物価は高いかもしれない。それに車がないと不便だ。

われわれは十数年来、車を持たないことにしていた。海外に赴任する前に車を売って、戻ってきてから新たに買うのをやめたからだ。都内のマンションでは、それで不自由しなかった。いまさら車を買って運転を再開するのも煩(わずら)わしいし、怖い。

かつて赴任したインドネシアはどうか。

物価は安い。人はいい。しかし、老後にバリ島に移り住んだ日本人を知っているが、実際に住んでみると、しきたりや近所づきあいが案外面倒くさいらしい。

瀬戸内の離島は。

温暖で風光明媚(ふうこうめいび)だけど、病気になった時に困るかもしれない。直美には持病もあるから、病院から遠いところは困る。それに、やはり車なしでは生活に不便だろう。

海外移住や本当の田舎暮らしは、私たちにはどうやら向いていないようだった。

龍神村には高校の分校しかなく、直美は田辺に下宿して高校に通った。そして京都の短大に進んだ。私が彼女に出会ったのはそのころだ。だから京都も候補地の一つだった。十年以上前に短い大阪勤務があった。その時に思い切って久しぶりに京都に住んでみた。賃貸マンションを借り、祇園四条から大阪の淀屋橋まで京阪電車で通った。

　マンションは京の台所、錦小路通りのすぐ近くだった。家を出ればすぐにいろんな店がある。毎朝、まだ人通りの少ない錦市場を、開店準備をしている魚屋や漬物屋を眺めながら歩き、学生時代からの馴染みの飲み屋がある柳小路を抜けて四条河原町に出る。鴨川を眺めながら四条大橋を渡って、南座の前で京阪電車に乗る。ぜいたくな通勤だった。

　休みの日には、直美とふたりで家の近くの洋服屋や飲食店を開拓した。彼女にはお気に入りの陶器屋や小物屋ができた。祇園祭の山鉾巡行は自宅から数分のところが出発点だった。どこへでも歩いていける。京の街中に住む特権を味わった。

　参ったのはその夏の祭りのころの暑さだ。かんかん照りの中、ふたりで外に出るとあっという間に汗まみれになる。アスファルトの照り返しに蒸された空気が息苦しく、冷房のある場所に飛び込んでへたり込む。学生のころも暑かったのだろうが、その記憶を超える酷暑だった。

「年をとってから京都には住めない」

　ふたりで出した結論だった。

鎌倉に引っ越す二年ほど前のことだった。どこに遊びにいったのかはすっかり忘れたが、大町のほうから鎌倉駅に戻る道すがら、滑川にかかる橋のあたりに不動産屋があった。表に張り出した物件の広告をふたりで眺めていると、一つの家が目に留まった。

賃貸平屋5ＬＤＫ。敷地が三百平米近くもあって月十四万五千円だ。古いけど改装が許されるなら、流行の古民家暮らしができるかもしれない。

鎌倉もいいかな、という考えが浮かんだ。いま思えば、山の上にあるとか、広い通りからうんと奥まっているとか、何か一癖ある物件だったのかもしれない。しかし、まだ何も知らない私たちに、鎌倉が具体的な選択肢として姿を現してきた。

思えば鎌倉は、慣れ親しんだ京都のミニチュアのようでもある。三方を山に囲まれていて南は海に開けた要害の地である。源頼朝が本拠に選んだ理由だ。鶴岡八幡宮を京都御所に見立てれば、八雲神社の背後の祇園山のあたりが東山、大平山を頂点とするいわゆる鎌倉アルプスが北山、源氏山が西山に見えなくもない。とすれば滑川が鴨川ということになるだろうか。

大きさは格段に違う。京都市が百万都市であるのに対して、鎌倉市の人口は十七万人余り。なかでも、旧鎌倉と呼ばれる一帯に住むのは四万五千人に過ぎない。そこを囲む三方の山はせいぜい百数十メートルの高さである。

鎌倉を囲む山にはそれぞれハイキングコースが設けられているが、尾根を歩いていると、すぐ向こうが住宅団地だったり、ゴルフコースだったりする。山の中を歩いているつもりが、こんなに人家に近かったのかと驚く。ただそれらは、旧鎌倉側からは見えない。古都らしい景観を保つ工夫なのだろう。

もともと山里育ちの直美は山派。私は子どものころに水泳をしていて、最近は釣りやダイビングが趣味の海派である。鎌倉なら双方が満たされる。

実際に家探しに動き出したのは、それからしばらくたって、定年まで二年を切ってからだった。私は、定年後もしばらくは東京で働くから、とのんびり構えていた。

その私に直美は、「動ける時に動かないと、体が言うこと聞かなくなってからでは遅いわよ」と発破(はっぱ)をかけた。

週末ごとの鎌倉通いが始まった。

いくらでもお金を出すというなら別だろうが、一定の条件で探すなら物件は限られる。鎌倉では出回る物件の数がもともと少ない。四万五千人の小さな町だと気づけば、売りに出るものがたくさんないのは当たり前だ。だから条件のいいものはすぐに売れて、一癖二癖ある物件が残っていく。

いまの家は、大手の不動産屋に頼んでいた時にひょんなきっかけで見つかった。まだ正式には売り出していない物件だった。幸運と言えた。

鎌倉に引っ越さなければ、直美のがんも見つからなかった。それは不幸のきっかけだったか。いや、鎌倉で、ふたりで過ごした時間は私にとって、そしてたぶん彼女にとっても一番幸せな時だったのだと思う。鎌倉へ来なければ、彼女の最期（さいご）はまったく別のものになっていただろう。

娘たちが小さいころ、私は警察取材で早朝から深夜まで仕事をしていた。彼女らの受験のころは海外に出ていた。

「あなたはいつも、いて欲しい時にいないんだから」

直美はよくそう言った。

そしていま第二の人生を生きる時に、私にとって一番いて欲しい人がいない。

冬から春に移るころ、枯れ木のようになったアジサイに、よく見るともう緑の芽が出はじめている。ウグイスも鳴きはじめ、やがてホトトギスが続く。夏には海から渡ってくる風が、山に向かって頭上を吹き抜けていくのがわかる。晩秋には木々の葉が色づきはじめ、やがて山道が落ち葉で埋まる。

山好きの直美は、実際にはほとんど鎌倉の山を歩くことはできなかった。いま私はひとりで、心の中で直美に語りかけながら山を歩く。

直美が鎌倉で過ごしたのは、ほんの一年余りだ。四季がぐるりと一巡する、それだけの時間だった。

彼女は日本女性の平均寿命より三十歳以上も若く、五十六歳で世を去った。もう年をとらない。私との年齢の差はどんどん開いていくばかりだ。

私は鎌倉で何年過ごすのだろう。家で過ごすにしても、街や山を歩くにしても、私はその季節ごとに、彼女と暮らした、たった一度きりの日を思い出して生きていくのだろう。

妻を見送ってから、心に空いた穴を埋めることはできないと知った。できるのは、穴の輪郭を見極（みきわ）めて、その穴とともに生きていくことだけだ。

だからいま記憶の限り、妻との最後の時間を書きとめておきたい。

◎目次

第五章　夏

第六章　晩夏　その一

最高の一年

五十六歳で逝った妻は教えてくれた

第一章　夏

残されたノート

暑く、あわただしい一日だった。七月下旬のその朝、私は前夜家族で泊まった武蔵小杉のホテルから、まず銀行の自由が丘支店に行った。その支店の会議室で、不動産業者とともに等々力のマンションの買い主に会って、売買と引き渡しの手続きをした。その足で築地（つきじ）にある自分の会社に行って、信用組合で鎌倉の家のために借りたお金の返済手続きをした。さらに東海道線で藤沢の辻堂（つじどう）へ行き、法務局で新しい家の登記をした。

その間に直美と、手伝いのためにオーストラリアから帰国した長女の樹里（じゅり）は、鎌倉の家で引っ越し荷物の到着を待った。第一便は午前中に来たが、次のトラックは午後になってもなかなか来なかった。私は夕方になって鎌倉の新居に合流し、ひたすら段ボールを開いた。荷物の片づけをし、空になった段ボールを荷造りひもで縛った。

気がついたら午後九時半を過ぎていた。鎌倉の飲食店は閉店が早い。若宮大路のそば屋に飛び込んだのは、ラストオーダーぎりぎりの時間だった。

前日は前日で、朝から等々力のマンションの荷物の搬出で大忙しだった。午後からは鎌倉に来て、おおむねリフォームがすんだ家の状態を確認し、大掃除をした。

転勤族だったので、引っ越しは何度もしているが、今回がおそらく最後で最大だ。もうこれ以降引っ越しをすることはないだろう。

直美が残した「鎌倉に家を買う」というノートがある。そこに家を探しはじめてから引っ越しまでの経緯がメモしてある。

最初のページは前年の七月下旬の日付だ。中古の一戸建てを買うか、一戸建てを賃貸するか、土地を買って新築するか。三つの選択肢が書いてある。家を探すうちに、あとの二つの選択肢はほとんどあり得ないことがわかってきた。

最初に鎌倉移住を考えたのは賃貸一戸建ての広告を見たからだが、実際にはほとんどいい

等々力の家で妻と

ものはなかった。土地を買っての新築はお金がかかりすぎる。現実的な選択肢は中古を買うことだった。いまの家が見つかったのは直美がこのメモを書いたちょうど半年後、引っ越しの年の初めだ。

　すると今度は等々力のマンションを売りに出さねばならない。不動産屋と契約し、査定してもらって売り出しの値段を決め、新聞の折り込み広告やネット広告を出してもらった。いまのネット広告は室内をパノラマのようにぐるっと見渡す写真も載せている。そうして興味を持った人からの連絡を待つ。

　この時、妻は意外な能力を発揮した。毎週末、「あなたは邪魔」と私を追い出し、マンションを見にくる客の案内係を買って出た。おかげで二カ月ほどで買い手がついた。買ってくれたのは近くに住む若い夫婦と子ども二人の家族だった。私たちが子育てした場所で、また次の家族の子育てが始まるのは、嬉しいことだった。その後、売るほうと買うほうのいろんな手続きと、鎌倉の家の持ち主の引っ越し準備に数カ月かかった。

新居ではキッチンやトイレの設備を取り換え、家の内外を少々リフォームすることにした。妻のノートには設備機器の展示場の住所がいくつか書いてある。ふたりで新宿近辺のショールームをいくつも回ったことを思い出す。

中古住宅とはいえ、マンションとは違って、今回は自分の好みの設備を入れられる。妻としては珍しく、ショールームを巡る時にちょっとうきうきしていた。キッチンもトイレも彼女の好きなものにした。掃除のしやすい換気扇と食洗機がついたキッチンがお気に入りだった。トイレも泡で自動洗浄してくれるものにした。

売買の代金や手数料。マンションのご近所と鎌倉のご近所に何を配るか。セコムやケーブルテレビの申し込み。引っ越し業者のこと。ノートにはいろいろなことが細かく記されている。

直美が引っ越し荷物を段ボールに詰めはじめたのは六月上旬だ。何番の段ボールに何を入れたか。これも細かく書いてある。番号は一二〇番まであった。

「とうさんは送別会で酔っ払ってばかりで、何の準備もしないんだから」

引っ越しのたびにそう言われてきた。今回は転勤を伴わない引っ越しだから送別会はない。とはいえ、やはり私が詰めたのは自分の本ぐらいだった。

七月下旬、引っ越しのために一週間の夏休みをもらった。その間にとりあえず荷物は入れても、やらねばならないことはまだまだある。

新しい場所で生活するには、まずいろんな店を探さないといけない。スーパーは鎌倉駅の東側に東急ストアともとまちユニオン。西側に紀ノ国屋がある。若宮大路には鎌倉市農協連即売所、通称レンバイがあって、鎌倉野菜や花などを売っている。そこからすこし海の方向に歩いて横須賀線のガードをくぐると、鎌万（かままん）水産というスーパーがある。もともと魚屋のようで、地魚や鎌倉野菜を置いている。

もっと近くにないだろうか、とふたりで歩いてみた。宝戒寺の前から金沢街道のほうへ出ると、直美が以前から知っている旭屋（あさひや）本店という和菓子屋がある。ここの豆大福が好物なのだ。

そこからさらに東に行くと八百義（やおよし）という八百屋があった。覗（のぞ）いてみると、山形の尾花沢（おばなざわ）スイカを置いていた。引っ越したあとも庭周りのリフォーム工事が続いていて、大工さんや植木屋さんが来ていた。尾花沢スイカは工事の人たちに好評で、しょっちゅう買いにいくことになった。

休みの間に、次女の奈奈が夫と一緒に遊びにきた。奈奈は雑誌の編集をしていて、食べもの屋に詳しい。鎌倉特集も何度か出しているし、鎌倉に知りあいのライターが何人かいる。引っ越し疲れで外食に頼ることが多くなったこともあって、この間に鎌倉の飲食店をいくつか開拓した。その多くは奈奈の推薦だ。

一番のお気に入りになったのは、横須賀線の踏切の近くにある和食の「日和」だ。残念なことに妻が亡くなってしばらくして閉店してしまったが。ビルの二階にあって、若い店主がほぼひとりで切り盛りしていた。テーブルが二つと窓際のカウンターに五席ほど。カウンターに座ると、ひっきりなしに電車が出入りする鎌倉駅が見下ろせる。早い時間からいると、窓から見える西の空に夕焼けが広がり、やがて暮れなずんでいく。それとともに、ホームの人は次第に少なくなっていく。

献立は月替わりで、日本酒も季節に合わせて選んだものを置いている。

直美は好きな店ができるとそこにばかり行きたがる。「日和さん、がんばっているから毎月行こうね」と言っていた。

それから駅に近い「なると屋＋典座」。ここは鎌倉野菜の精進料理だ。昼も夜も同じ値段でセットの料理を出す。メインと小鉢に定番のごま豆腐、汁物とごはんという組みあわせだ。無花果を味噌汁に入れたり、ズッキーニをのり巻きにして揚げたり、意外な組みあわせに驚かされる。妻にとっては料理のヒントになるようだった。

イタリアンを食べたくなって「オステリア・コマチーナ」へ行った。ここも奈奈の推薦だ。魚介も野菜も素材を生かして料理している。ワインも手頃でおいしいものを勧めてくれる。いまは路地の奥の一階に引っ越したが、当時はビルの二階にあって、窓際に座ると小町通りを行き交う人が見えた。いつも最後はピザのマルガリータを頼んだ。いろいろ食べてみればいいのだが、妻は気に入ったら同じものばかり食べたがるのだった。

私たちはインドネシアやタイにいたので、ときどきエスニック料理が欲しくなる。長谷で「クリヤム」というタイ料理屋を見つけた。ビストロのような造りの店で、日本人のシェフがタイ人より細やかな料理を作っていた。ここもいまは御成通りの脇に引っ越しているが、当時はビルの二階で、窓からは由比ガ浜の海が見えた。

その後、家の近くで「バーンウエンター」を見つけ、しょっちゅう行くことになった。タイ人の夫婦がやっている庶民的な味の店だ。もとは夏の間だけ由比ガ浜の海の家に店を出していた人たちだ。

一週間の引っ越し休みはあっという間に終わり、私は鎌倉から築地の会社に通うことになった。

休み明け早々にちょっとした飲み会があった。これまでと違って家が遠くなったのだから、早めに引き揚げなければと思ってはいたが、ついついいつもの調子で飲んでしまった。横須賀線に乗ると、電車の揺れですっかりいい気持ちになって眠ってしまい、隣の逗子駅で車掌に起こされた。逗子止まりの列車だった。翌朝、直美に言うと「久里浜行きでなくてよかったね」と笑った。もし、そうだったらタクシーに大枚をはたかないと帰ってこられなかったかもしれない。

バランスのとりにくい体

家から駅までは歩いて十二、三分の道のりだ。行きはあまり寄り道してはいられないが、帰りは道をいろいろ変えて歩いてみた。最初は小町通りを端まで歩いて鶴岡八幡宮前に出た。そう広くない通りを、平日の夕方でもまだ観光客がぞろぞろ歩いている。若者が多く、買い食いして歩いている姿は、まるで原宿のようだ。レンタル着物屋がいくつもあって、少々派手な着物姿の若い女性も目につく。

小町通りに入ってすぐの角には、いつも若い人力車夫が立っている。昔ながらの衣装をまとって客を呼んでいる。土産物屋、煎餅屋（せんべいや）、饅頭屋（まんじゅうや）、漬物屋、蜂蜜屋、扇子屋（せんすや）。そういう観光客向けの店に交じって、昔からの肉屋や、小津安二郎（おづやすじろう）監督作品の常連だった俳優が通っていたという理髪店、農協の支店が並んでいるところが鎌倉らしい。

鎌倉の中心を南北に貫く若宮大路は、鶴岡八幡宮の参道だ。やはり観光客相手の店が多いが、キリスト教会や病院、薬局など住民のための施設もある。

二の鳥居（とりい）から三の鳥居の手前までは、道の中央部分が一段高い「段葛（だんかずら）」になっていて、その両端にずらりと桜が植わっている。大正時代に植えたという桜が老木になって、引っ越したころは、その植え替えと段葛全体の改修工事中だった。工事のフェンスが若宮大路の中央を壁のように塞ぎ、視界を遮（さえぎ）っていた。

若宮大路の東側に並行して、小町大路との間に細い路地がある。ここは、車は入れず、観光客もあまり通らない地元民の道だ。

プロテスタント教会の脇から路地に入ると、宇都宮稲荷（うつのみやいなり）神社の横を通って、カトリック教会の裏を進む。右に妙隆寺（みょうりゅうじ）の墓地が見えるあたりでかぎ型に折れ、中原中也（なかはらちゅうや）が息を引き取った清川（きよかわ）病院の裏に出る。一つ道を越えると路地が右に湾曲していく。左手に黒板塀が見えてくれば、そこが旧大佛次郎（おさらぎじろう）邸だ。

この道を見つけた時には、嬉しくてすぐ妻に報告した。以来、駅に行く時はこの道を通ることが多くなった。道の両脇はほとんどが民家だ。古風な黒塀（くろべい）や生け垣で囲った日本家屋も、塀のない洋館もある。引っ越しには困るだろうなという狭い路地だが、空襲に遭っていない鎌倉らしい風情を残している。

週末に民家の庭を眺めて歩くのは、私たちの楽しみだった。この年は七月末から八月初めにかけて猛暑日が続いた。あちこちの庭でノウゼンカズラやサルスベリの赤い花が夏の日を浴びていた。

「うちにもあれを植えたいな」と直美が言ったのはエンゼルトランペットだ。トランペットのような大きな黄色い花が、民家の塀の外まで垂れ下がっている。

なんとバナナを植えている家がある。こぶし大のオレンジ色の花が咲いているし、小さな実の房もできている。

以前住んでいた東京の等々力、尾山台界隈（おやまだいかいわい）にはバラを植えた家がたくさんあったが、鎌倉には少ない。日本家屋には似合わないからだろう。代わりに多いのは松だ。やはり黒塀には松が似合う。

しかし、この若宮大路の裏の路地にはフェンス一面にバラを植えた家があった。庭に鳥の餌を置いている家もあって、スズメや山鳩（やまばと）が集まっている。うちにもバラを植えて、野鳥の餌場も作ろうと話しあった。

　私たちはこれまでもよく山や街を歩いた。最初に歩こうと言い出したのは山里育ちの直美だった。若いころは仕事に追われてそんな余裕はなかったが、十数年前、バンコク勤務から戻ったころから山歩きをするようになった。本格的な山ではなく、東京近郊の高尾山(たかおさん)や、丹沢(たんざわ)の大山(おおやま)ぐらいの、日帰りで行ける身近な山だ。特に大山にはよく行った。下山してからふもとの食堂で豆腐料理を食べるのも楽しみだった。

　ところが、直美には尋常性乾癬(じんじょうせいかんせん)という免疫系の持病があり、その影響で関節痛が出るようになった。山へはあまり行けなくなったが、それでも等々力の家の近所はよく歩いた。環八(かんぱち)を渡って多摩川の河原に下り、二子玉川まで行って買いものをして帰ったり、上野毛(かみのげ)や尾山台の住宅街を、樹木を眺めながら歩いたりした。

　すこし足を延ばして、田園調布の古墳(こふん)のある公園に行く時には、直美が弁当を作った。小高い丘の上で多摩川の流れを眺める。天気がよければ遠くに富士山も見える。そこで木製の弁当箱を開けば、ちょっとしたハイキング気分だった。

　引っ越しの前年の一時期、妻の関節痛がひどくなり、平地を歩くのも大変になった。それまで五分で歩けた距離に二十分もかかるようになった。それに左手の中指の関節が曲がったまま固まってきた。自己免疫不全によるリウマチの症状だった。

直美は飯田橋の東京逓信病院に通っていた。そこの副院長は乾癬の専門医だった。妻は患者の会の手伝いもしていて、最新の治療法の情報も得ていた。そこで医師に相談して、生物学的製剤を使ってみることにした。それは劇的に効いた。三カ月に一度注射をするだけで、ほぼ普通に動けるようになった。街歩きも再開できた。

ただこの薬には副作用がある。乾癬は自分の免疫が体の中で悪さをして発症する。生物学的製剤は強力な免疫抑制剤で、免疫力を落として症状を防ぐ。その代わり、感染症などへの抵抗力も落ちてしまう。

直美は以前、近くの婦人科クリニックで検診を受けて、子宮体がんの疑いを告げられたことがあった。その時は駒沢の国立病院機構東京医療センターで詳しい検査を受けて、がんではないと診断された。翌年ぐらいまで定期検診に行っていて問題はなかった。だがリウマチ症状が出はじめてからは、そちらの治療を優先して検診には行っていなかった。

そのこととがんの発症に関係があったかどうか、いまとなってはわからない。しかし、直美の体がバランスのとりにくい微妙な状態だったことは確かだった。

初めての病院

引っ越しのために休んでいた一週間ほどの間に世の中はすこし変わった。安倍政権は衆院で安保法制（安全保障法制）を強引に通した。そのために支持率と不支持率が一時逆転した。毎週金曜日には国会の周辺で大きなデモが行われた。

　政権は国民の関心をそらすかのように国立競技場の建て替えの見直しを持ち出した。五輪エンブレムの盗用問題も出てきて、世の中は騒がしかった。

　私の仕事は夕刊の一面にある「素粒子（そりゅうし）」というコラムを書くことだ。二百字足らずのきわめて短いコラムだが、月曜から土曜まで毎日書かねばならない。引っ越す前は朝七時ごろに会社に出て書いていた。鎌倉に来てからは、家が遠くなったのと、通勤手段が横須賀線一本しかなく、止まったり遅れたりしたら困るので、家で書いてから出かけることにした。

　いまはネットにつながりさえすれば、どこからでも原稿は送れる。朝四時半に起きて新聞を隅々まで読む。五時半ごろになると直美が起きてきて朝食を作ってくれる。コーヒー豆を挽（ひ）いて淹（い）れるのだけは私の仕事だ。テレビのニュースを見ながら一緒に食べ、私は自分の部屋にこもって原稿を書いて、送る。そして八時五十八分の電車に間に合うように駅に向かう。それが日課になった。

　小粒でもぴりりと辛（から）いことが信条のコラムなので、世の中が騒がしければネタには困らない。

　毎年八月の初めは甲子園大会の開会式や広島、長崎の原爆記念式典に出かけ、現地から原稿を送るのだが、この年はやめた。甲子園の開幕と広島原爆記念日が重なってしまったのと、川内原発の再稼働や首相の戦後七十年談話などもあって落ち着かないからだった。

　夏休みは引っ越しで使ってしまったから、珍しくどこへも行かない八月だった。どこへも出かけなくても、初めての鎌倉住まいなので、それ自体が珍しく退屈することはなかった。長谷や材木座海岸あたりまでなら直美と一緒に歩いた。駅の西に薬膳料理の学校があるのを見つけた。パンフレットをもらい、妻はいずれ落ち着いたら通うつもりだった。

　材木座の光明寺にもふたりで歩いて行った。住宅の間の裏道を選んで歩いて、片道一時間弱かかった。光明寺は浄土宗の大本山だ。立派な山門をくぐると、広い境内が広がる。山を背景に大きな屋根の本堂がそびえている。小堀遠州の作といわれる庭園には赤い蓮の花が咲いていた。

　この寺では精進料理を食べることができる。昼だけの予約制なので、奈奈夫婦の都合がいい時に誘って一緒に行こうと話した。

　遠くには自転車に乗ってひとりで出かけた。葉山や江の島ぐらいなら、楽にサイクリングできることがわかった。

　この時期、駅から由比ガ浜に向かう若宮大路は、海水浴客がぞろぞろ歩いている。海辺を走る国道一三四号は、休日になると車が数珠つなぎになる。それでも自転車なら人波も渋滞も気にせず駆け抜けることができて快適だ。

　直美は、リウマチの症状もあってしばらく自転車に乗っていなかった。錆(さ)びついてしまった妻用の自転車は、引っ越しの時に処分してきた。鎌倉は坂が多いから、今度は電動アシストの自転車を買うことにしていた。そうすればふたりでサイクリングもできる。


　引っ越しで、直美が通っていた飯田橋の逓信病院は遠くなった。そこで、乾癬を診(み)てくれる先生がいる相模原(さがみはら)の北里(きたさと)大学病院を紹介してもらった。七月末からその皮膚科に通いはじめた。初めての病院なので、全身のいろんな検査をやり直した。生物学的製剤を投与するには副作用の危険を調べる必要もあったのだろう。

　段ボールから荷物を出して整理する作業はまだ続いていた。カーテン屋が採寸に来た。新居にはまだ足りないものもあった。鎌倉にはあまり大きな店がないので、ちょっとした買いものには東戸塚か藤沢か辻堂あたりまで、時には横浜へも出かけた。そうして新しい生活圏の土地勘がすこしずつできてきた。

　会社帰りに東戸塚で待ち合わせをして、オーロラモールに寄り、食器棚を注文した。匂いに敏感な直美は、リビング用やトイレ用のアロマオイルを買った。藤沢の小田急百貨店で、私は折りたたみ傘を買い、直美は冬用の帽子を二つ買った。

週末は相変わらず鎌倉を散歩した。源氏山公園に登り、佐助（さすけ）に下りて「もやい工藝」に寄った。そこで紺の深い色あいの大皿を見つけた。三重県にある工房の作だった。二枚しかなかったのを二枚とも買い、同じのがまた入ったら教えてもらえるように頼んだ。

そんな日々の一方で、直美は何度か北里大学病院に通った。

ＣＴ検査や血液検査では異常は見つからなかった。リウマチによる骨の病変を見るためにかかったＭＲＩ検査で、子宮の内膜に十五ミリほどの固まりが見つかった。子宮体がんの疑いがあった。婦人科で組織を採って検査することになった。

第二章　秋

予想に反して

直美にはもともと子宮筋腫（しきゅうきんしゅ）があった。それに以前、子宮体がんの疑いがあると言われ、詳しい検査で悪性のものではないことがわかった経験がある。だから今回もそんなところだろう、と高をくくっていた。

「明日、検査の結果を聞いてくる」と、九月半ばに彼女が言った。

「あ、そう」と軽く返事をした。

本人もそんなに深刻には考えていないように思えた。しかし、結果は予想と違った。

「がんの宣告をひとりで聞いちゃったわよ。次回はご主人を連れてきてくださいって。ほかの人はみんな旦那さんがついてきてていたわ」

直美が言った。けっして抗議するような口調ではなかったが、「また大事な時にあなたはいない」と言いたげだった。

楽観的な期待に反して、今回は本当にがんだった。とはいえ、妻が説明を受けたところでは、がんの固まりは小さく、子宮の中にとどまっているという。まだ初期だと医者は言ったそうだし、きっと手術すれば治るのだろうと思った。次回はご主人と来てくれ、ということは手術の相談をするということだ。

妻も、切れば治ると思っている様子だった。がんが見つかったことより、これで関節のリウマチ症状を抑える生物学的製剤が使えなくなることのほうを気にしていた。

「皮膚科の先生に、どうしてもだめかって聞いたんだけど、がんの人には使えないんだって」

関節症には、かつて使っていたリウマトレックスという薬を使うことになった。以前にあまり効かなくなったこともあって、量はすこし増やしてもらった。

なぜがんより関節症を気にするかといえば、ちょうどそのころ長女の樹里が妊娠したことがわかったからだ。

出産の時にはオーストラリアに行って、樹里と生まれる赤ん坊の世話がしたい。それが直美の望みだ。その時に関節が痛くて自由に動けないと困るのだ。

がんの診断を聞いてすぐ「腕時計が欲しい」と言い出した。これまで腕に時計をするのは好きではなかった。外出の時はバッグに旅行用の小さな置き時計を入れていた。

「これから病院通いが増えるし、病院の中でもあっち行ったり、こっち行ったりするから、時間がわからないと不便なのよね」

それじゃあいいのを買おうと、仕事帰りに久しぶりに新宿の伊勢丹で落ちあった。いろんな時計を見たが、直美は珍しいギリシャのフォリフォリというメーカーのがいいと言う。

「もっといいのにすれば」とは言ったが、本人が気に入ったのならと、それを買った。

私が通勤に使うカバンが傷んでいたので、ついでだからと新しいのを買った。ズボンやシャツも買ってしまった。

「結局とうさんのもののほうが高くついたわね」と直美は笑った。

地下の食料品売り場で久しぶりに鈴波（すずなみ）の粕（かす）漬けを買った。名古屋勤務の時に知った老舗（しにせ）だ。

伊勢丹会館の「あえん」でごはんを食べた。野菜や豚肉がおいしい店だ。等々力に住んでいたころ自由が丘の店によく行ったレストランだ。

そんなふうに、がんが見つかっても直美は驚くほど平静だった。そして産まれてくる初孫のほうに、より関心があるように見えた。

「今度の週末、おんめさまに行こうよ」と言う。

「奈奈が来月、オーストラリアに行くから、腹帯を持っていってもらうの」

おんめさまとは鎌倉駅からすぐそばの若宮大路にある日蓮宗の寺、大巧寺のことだ。もともとは金沢街道の十二所にあった真言宗の寺院だった。戦国時代に、難産で亡くなり迷った女性の霊が、当時の住職のお経で救われたという言い伝えがある。いまでは檀家を持たない安産祈願の寺として知られている。

そこの庫裏で妊婦の腹帯を授かり、無事赤ん坊が産まれると、お礼にお参りするというのが習わしだ。

奈奈の夫が、樹里の住むゴールドコーストで開かれるトライアスロン大会に出る。それで奈奈も休みをとってついていくことにしていた。その時に腹帯を届けてもらうつもりだ。

直美はがんがわかってからも、いつも通り朝五時半に起きて朝食を作り、洗濯をし、買いものをした。アイロンだけは相変わらず嫌いで、アイロンがけを待つ衣類が倉庫にたまっていた。

暇な時間は韓流ドラマを見ていた。ケーブルテレビの予約一覧を見ると、現代物から時代劇まで、毎週何本もの韓流ドラマが予約されていた。

会社の帰りに新橋駅の地下にある横須賀線のホームから、直美にメールを送ると、「ユニオンで大山豆腐を買ってきて」とか「牛乳がないよ」とか返事が来た。時には「駅で待ちあわせてとんかつを食べに行こう」という返事が返ってくることもあった。

手術さえすませれば、そういう生活が続くのだ。何も変わらないのだと思っていた。

そんなころ、家に野良猫が現れた。

「とうさん、猫がいる」

夕方、洗濯物を取り込もうとした直美が見つけた。まだ子猫である。生後二、三カ月だろうか。白と黒のまだらで、鼻の頭にも白い斑点(はんてん)があった。玄関先の階段の下にちょこんと座ってこちらを見ていた。やがてそろそろとウッドデッキに上がり込み、積んであった材木の下に隠れたり、裏の山桜の木の根元にうずくまったりした。

腹が減っているのだろう。しかし、ニャーとも鳴かない。ウッドデッキに座っている時にちょっと尻に触ってやるとビックリしたように駆け出して、隣の家のほうに逃げていった。おとなしい猫だった。目がくりくりと大きい。小さな前脚をそろえて行儀よく座っているのを見ると、何とかしてやりたくなる。

餌をやりたいが、やったら居着いてしまうだろう。自分も妻も不在になる時があるから、家の中で飼ってやるわけにはいかない。

直美によると翌日、どこかで水をかけられたらしく、びしょ濡れになって、またうちに戻ってきたという。

何かを訴えたかったのかもしれないが、彼女もかまってやるのは我慢した。

それ以後、子猫は現れなかった。近所で見かけたこともない。

「かわいいから、きっとどこかの家で飼われているのよ」

直美はそう言った。私もそう思うことにした。

治癒を祈る

十月初め、医師の説明を聞きに北里大学病院に行った。直美は午前中から皮膚科の外来に行っていて、婦人科の予約は午後からだった。私は会社を早引けして、新宿から小田急線で相模大野に向かった。北里大学病院に行くのは初めてだった。それからは何度も通うことになったのだが。

駅からのバスは、片側一車線の道路があちこちで渋滞し、少々時間がかかった。北里はさすがに大きな病院だ。病院の敷地内にバス停があり、駅からの乗客の大半はそこで降りてしまった。

改築したてらしく、建物は広々としている。天井が高く、明るい。入り口を入ってしばらく行くと、大村智特別栄誉教授の等身大の写真が飾ってあった。ノーベル生理学医学賞の受賞が決まったばかりだった。

電子化が進んでいて、ロビーには受付や支払いのための機械が並んでいる。外来の受付機に診察券を通すと、その日の受付番号が決まり、診察や検査の順番がわかる仕組みだ。最後の支払いも機械にカードを入れるだけだ。

一階には広いカフェがあり、パジャマ姿の入院患者も見舞いの人も、一緒にお茶を飲んでいる。花屋や本屋、美容室、理容室なども並んでいて、ホテル内のモールのようだ。がん患者が使うのだろう、化粧品やカツラを売る店もある。縦横に走る通路には中央通り、あじさい通り、ひまわり通りと名前がついていて、診療科や店の住所のように使われている。

婦人科は三階のあじさい通りにあった。診察の予約時間は二時半だったが、その三十分前に着いた。廊下のソファで待っていると、しばらくして皮膚科の診察や検査を終えた直美がやってきた。

「いつもけっこう待たされるのよね」

「大病院ってそんなもんだろう」

「ねえほら、みんな旦那さんと来ているでしょう」

見回すと確かに夫婦連れが多い。ここは婦人科だから患者は妻のほうだ。この曜日の午後の時間は主に腫瘍（しゅよう）の外来なので、みな奥さんががん患者なのだろう。周りが同病の人ばかりだと思うと、自分たちが特別なわけではないように思えてくる。

「あそこに番号が出たら、中の待合室に入るの」

廊下の上のほうにモニターがあって、患者の受付番号が担当医ごとに出るようになっている。自分の番号が出たら、三方を診察室に囲まれた待合室に入り、その入り口にある到着確認機に診察券を通す。やがて担当医の部屋の前のモニターに受付番号が出れば、自分の順番というわけだ。

一時間ほど廊下のソファで待って、ようやく中の待合室に入る。担当のS医師の部屋の前で待っていると、一人患者が出て次の患者が入った。われわれはその次だ。

大病院の診察は、三時間待って三分診療などと揶揄（やゆ）されることも多い。だがここではひとりひとりの患者にかなりの時間をかけているようだ。話の内容が込み入っているのだろう。平均三十分は部屋に入っている。

ようやくわれわれの順番が来た。直美がS医師の正面に座り、私がやや斜め後ろに座る。医師はパソコンの画面に患部の画像を映しながら話しはじめた。

八月中旬に受けたＭＲＩ検査で子宮体がんらしきものが見つかり、前回の診察の時には造影剤を入れたＣＴ検査も受けている。

「先日言いました通り、子宮のこの部分にがんがあります。一、二センチぐらいで、そんなに大きくはありません。子宮の筋肉にはわずかに食い込んでいるかもしれません。子宮体がんⅠ期の疑いということですね。子宮と卵巣の全摘をすることになります」

がんには違いないがまだ初期だ。改めて医師から話を聞いてほっとした。手術をすれば治るだろう。

「リンパ節は取るんですか」

「それは状況次第です」

「友人にリンパ節を全部取って、浮腫（むくみ）になって困っている人がいるんです。それを見ていると、あまり取らないほうがいいのかなって」

「では、なるべく無理には取らないようにしましょう」

名古屋勤務時代に同じ社員寮にいた女性が茅ケ崎に住んでいる。直美より一回り年上だ。自分に子どもがいないこともあって、うちの娘たちの面倒をよく見てくれた。直美の料理の先生でもあった。娘たちはそのころ「おーちゃん」と呼んでいた。「おばちゃん」の意味だったのだろう。だから、いまでもうちでは「おーちゃん」と呼んでいる。

わが家が鎌倉に引っ越したことを、近くになったととても喜んでくれていた。その人が脚のリンパ浮腫に悩んでいるのだった。

「なるべく早く手術をしましょう。来月できるように調整します」

S医師はそう言った。

「まだ早期でよかったね。引っ越しをして病院を代わったから見つかったのかも」

「皮膚科の先生に感謝しなくちゃね。あの先生が全身を再検査しなければ、見つからなかったわけだから」

「見つかってよかったということかな」

「去年は子宮体がんの検査に行かなかったからなぁ。関節痛で、それどころじゃなかったのよ」

直美の言葉にはほんのすこしだけ悔恨が交じっていた。しかし、今回のがんが以前に疑いのあったものと同じかどうかはわからない。その当時、何度も検査してがんではないという結果だったのだから。

大学のラグビー部の後輩で建築家になった人が鎌倉に住んでいた。年次が十数年違うから直接は知らなかったが、先輩後輩の間柄はありがたく、家のリフォームを頼むと快く引き受けてくれた。

　家の本体と、荒れていた側面の庭のリフォームはすでに終わっていた。しかし、正面の庭の樹木が伸びすぎて近所迷惑になっていた。盛土を囲んでいる枕木のような材木も腐りかけていて、いずれ造り直さないといけないことははっきりしていた。この間まで赤い花をつけていたサルスベリもあって惜しかったが、この際いっそ樹木を切って庭全体に手を入れようと彼に相談していた。

　そのころ、以前頼んでいた建具も入った。直美の部屋の一面を造りつけの洋服箪笥にした、その扉だ。白木でできていて彼女のお気に入りになった。

　改修が終わった側面の庭には無花果や夏ミカンや柚の苗木を植えてもらった。龍神村の妻の実家にも無花果があって、懐かしい木である。


　鎌倉の街の探索も相変わらず続けていた。直美がモノレールに乗ってみたいと言った。そういえば大船と江の島をつないでいる湘南モノレールにはまだ乗ったことがなかった。

　日曜日、横須賀線で大船まで出て、湘南江の島行きのモノレールに乗った。意外にカーブや高低差があり、振り子のように適度に揺れる。遊園地の乗りもののようだ。

　直美は、西鎌倉にある龍口明神社に行ってみたいという。龍の名がつく以上、龍神に関係があるのだろう。和歌山県の龍神村に生まれた妻は、自分もどこかで龍の神様につながる者だと思っている節がある。

そういえば知りあったころ妻の実家は、父親の仕事の都合で御坊（ごぼう）市に仮住まいしていた。近くには安珍清姫（あんちんきよひめ）伝説の道成寺（どうじょうじ）があった。つくづく龍や蛇（へび）に縁がある。

無人駅の西鎌倉駅で降りて、住宅街の中の急な坂を登っていく。数分で神社は見つかった。ただ裏口のようだった。別の道から登ればもうすこし楽に来られたのかもしれない。例大祭（れいたいさい）が近いらしく、提灯（ちょうちん）が飾られ、職人が仮設のやぐらを組む準備をしていた。

龍口明神社は、海神の娘で龍神を束ねているといわれる玉依姫命（たまよりひめのみこと）と、この地に住んでいて悪行を働いたとされる五頭龍（ごずりゅう）大神が祭神だ。五頭龍は江の島の弁財天の霊力に降伏したといわれ、江島神社とは夫婦神社の関係にある。創建は六世紀に遡（さかのぼ）る、鎌倉でも古い神社の一つだ。

ここに来たかったのは、やはりがんの治癒（ちゆ）を祈りたかったからだろう。本殿に参拝してから、直美は社務所でお札と、それを飾る小さな鳥居型をした台を買った。家に帰ると、それを吹き抜けになった階段脇の飾り棚に置き、以来毎朝柏手（かしわで）を打っていた。

龍口明神社の正面から出て、今度は広い道を下った。道を下り切ったところにレ・ザンジュという洋菓子屋があった。南仏風のかわいらしい建物に吸い込まれるように入った。妻はケーキ屋に目がない。等々力にいるころは、よく自由が丘で買いものしたあと、ケーキ屋を順番に覗（のぞ）きながら帰ったものだ。「買わなくてもいいの。見ているだけで楽しいの」と言っていた。レ・ザンジュは鎌倉駅前に本店があることがわかり、やはり何も買わなかった。

西鎌倉駅に戻ってモノレールに乗り、湘南江の島駅に着く。駅のすぐそばに龍口寺という寺があった。こっちも龍に関係するのかもしれない。「寄ってみるか」と聞いたが「いい」と言う。神社は好きだが、お寺への関心はそれほどでもないのだった。

手術前後

十月下旬に入院し、手術することが決まった。病室で使うパジャマや、むくみを防止する着圧ソックス、手術のあとにおなかに巻く腹帯などを買い揃えた。

私は入院の日から手術の翌日まで数日の休みをもらった。

まるで旅行にでも行くように、直美は何日も前から小さなスーツケースに必要なものをきちんと詰めていた。インドネシアにいたころ、友人たちと地方への小旅行にしょっちゅう出かけていて、荷物をコンパクトに詰め込むのはお手のものだ。

そして当日、私はいつもよりすこし遅いぐらいの時間、それでも夜明け前に起きて、ふだん通り新聞を取り込んで読んでいた。直美はいつも通り、起きるとまずお札の前で柏手を打った。ふだん同様の朝食をふたりで食べた。

鎌倉を出て、藤沢駅で小田急線の特急に乗り換えて相模大野に向かった。荷物があるからと、相模大野駅からはタクシーに乗った。

入院専門の窓口で手続きをすます。婦人科の病棟は七階だった。ナースステーションを囲むように病室が配置され、廊下は広めにとってある。直美の部屋は、入り口を入ると左右にベッドが一つずつある半個室のような造りだった。ベッド同士はカーテンで仕切られている。隣のベッドは空いていたから、実質一人部屋だ。

ベッド脇には大きな窓がある。正面に北里大学のキャンパスが見える。木々の間に住宅や、駐車場を備えた店舗が混在する。相模原市郊外の風景である。その先には奥多摩(おくたま)の山々が見えた。

看護師さんや事務の担当者が入れ代わり立ち代わりやって来て、病院のシステムや手術前後の注意点など、いろんな説明をしてくれた。

病院内には精神面の支援をしてくれる人がいたり、がん患者同士の話しあいの会があったりする。そうしたサポートも紹介してくれた。

ナースステーションのそばに、医師と話す部屋がある。午後からS医師が来てくれて、手術の打ちあわせをした。手術は三日後の朝からで、五、六時間の予定だという。その後、麻酔医が病室に来て、アレルギーの有無など聞き取りをしていった。手術の時に担当する看護師も挨拶に来た。

隣のベッドには翌日、患者が入った。同じ日に手術するようだった。夜のいびきがひどいと直美はこぼしていた。

手術までは多少の検査があるぐらいで、それほどすることはない。面会時間は午後二時から八時までだが、早めでも入れてくれたので毎日十一時ごろには病院に行った。

直美が病室で昼食をとるころには、病院の外へ食べに出た。病院の向かいには大きな薬局がいくつも並んでいる。医薬分業で病院は外来の患者に薬を出さないから、大病院の前ならこれだけ薬局があっても共倒れしないのだろう。その薬局と並んでいくつか食事のできる店があった。

午後はふたりで病院内を探索したり、病院の周りを散歩したりした。病院一階のカフェは広々としていてホテルのロビーにいるようだ。ふたりともコーヒーが好きなので、よくここで休憩をした。その近くの本屋で妻は雑誌の猫特集を見つけて買い、病室で眺めた。

病室の一つ下の六階には産科と小児科がある。一般用のレストラン、職員用のレストラン、それにコンビニもあった。

ジムのようなリハビリ室もあって、窓からトレーニングしている人が見えた。病院内の学級もこの階にあり、入院している子どもたちの絵が廊下に飾ってある。

病院の敷地は北里大学のキャンパスとつながっていて、かなり広い。入院中、ふたりでよく散歩をした。キャンパスの奥のほうまでは行かないが、軽く一回りしても一キロ近い散歩になるだろう。

正面玄関の前の庭にはツワブキがずらりと並んで咲いている。濃い緑の厚い大きな葉のまん中からすっと茎が伸びて、黄色い可憐な花をつけている。

その前にある駐車場は、日当たりがいいのだろう。よく野良猫が昼寝をしていた。それから裏へ回ってぐるりと一周し、院内の店を見て、カフェに寄るというのが定番のコースだった。


手術当日になった。

手術は十時ごろからだけど、家族は八時半までに来てくれと言う。八時ごろには病室に行った。奈奈は夫と一緒に車で来た。

患者は四階の手術室まで、歩いていくのだという。看護師に連れられて、手術着に着替えた直美と一緒に、患者用のエレベーターで四階に降りた。広い廊下を通って、総合手術センターと書いた大きな扉の前まで行く。家族がついてこられるのはここまでだ。

「がんばっといで」と私は声をかけた。

「がんば」と奈奈も言う。

妻は笑顔で、ひとりひとりとハイタッチした。

大きな扉がまん中から奥に向けて開いて、直美は室内へと歩いていった。

病棟の七階のフロアは婦人科と眼科に分かれていて、その間の部分がラウンジのようになっている。テーブルと椅子が並んでいて、テレビや飲みものの自販機がある。手術の間、家族はそこで待つことになっていた。

新聞や雑誌を読みながら待っているしかない。五、六時間というから、終わるのは三時か四時か。昼近くになって私が先に昼食に出た。さっとすませて戻り、交代で奈奈と夫が食事に出かけた。

それから三十分ほどして、看護師がやってきた。

「手術が終わりました。まもなく先生からお話がありますので、四階の術後説明室の一番の部屋に来てください」

手術が始まってまだ三時間余りだ。予定より二時間も早い。これはいい知らせなのだろうか。奈奈に電話をして四階へ急いだ。

ドアに術後説明室と書かれた部屋で待っていると、ほどなくS医師が来た。奈奈はまだ来ない。

「子宮と卵巣はきれいに取れました。それからダイモウを取りました。腹水にがんの細胞がありましたので」

前半の話は予想通りだが、後半の話の意味がよくわからない。何か想定外のことがあったのだろうか。

「ダイモウって何ですか」

「大網(だいもう)はおなかの胃のあたりから垂れ下がっている脂肪の膜のようなものです。手術の途中で腹水を検査したところ、がん細胞があることがわかりました。それで大網を取ってみたのです。そこにもがん細胞が着いているかもしれません。これから検査します」

「がん細胞が子宮の外に出ていたということですか」

「そうです。子宮のがん自体は子宮の中にとどまっているし、卵巣にもがんはありませんでした。だから大変珍しいことなのですが」

「どうして出たのでしょうか」

「卵巣を通って出たということですかね。それぐらいしか考えられません」

「大網は全部取ったのですか」

「いえいえ全部取れるようなものではありません。取っても意味はないですし」

途中で奈奈が入ってきて、Ｓ医師は同じような説明をもう一度した。奈奈も最初、大網の意味がよくわからない様子だった。

「腹水に出たがん細胞が大網についているか、検査するために取ってみたということですね」

事態の深刻さの程度がいまひとつつかめなかった。だが、子宮を取って終わり、ではないらしいことは確かだった。

病室で待っていると、しばらくして直美が移動用のベッドに寝かされて戻ってきた。酸素のマスクをして点滴の管もついている。ハイタッチをして手術室に入っていったのが数時間前のこととは思えなかった。

「先生何か言っていた？」

目を覚ました直美が聞いた。

「子宮も卵巣もきれいに取れました、って。予定より二時間も短かったから、うまくいったんじゃない」

「ほかには」

「大網も取りましたって」

「大網って」

「おなかの中で胃のあたりから下がっている脂肪の膜のようなものだそうだ。腹水にがん細胞がいたから取ってみたって」

「リンパ節は」

「検査のために一部だけ取ったって」

「あ、そう」

まだ意識がはっきりしていないのだろう。直美は事態がまだ十分つかめていないようだった。

不安と期待と

翌日は昼前に、直美に言われた下着などを持って病院に行った。昨日とは打って変わって、点滴はつながっているものの直美はもうベッドで起き上がっていた。

「調子はどう」

「おなかはまだ痛い。でももう歩いたよ。よちよちだけど、廊下を五周もした。えらいですねえ、って看護師さんに褒(ほ)められたよ」

回復を早めるために、この病院では手術後の患者に積極的に歩くよう指導している。婦人科の病棟は中央にナースステーションがあって、それを囲むように病室が配置されている。その間にある廊下を点滴のハンガーを持ったままぐるぐると歩くのだ。

「それは上出来。ごはんは」

「まだおかゆだけど、ぼちぼち食べたよ」

午後からS医師が外来の診察の合間を縫って病棟に来た。ナースステーションの脇の部屋で直美と一緒に説明を受けた。昨日の手術後に聞いた話と基本は同じだった。事態の深刻さの具合はまだよくわからない。

「腹水がたまっていたのですか」

「いや、そういうわけではありません。健康な人でも多少の腹水はあるんです。それを念のために取って調べたということです」

「リンパは取りました？」

「検査用にすこし取っただけなので、浮腫の心配はないでしょう。卵巣もきれいなものでした。みんな検査をしてみないといけませんが、腹水にがんがあったといっても細胞レベルのことですし」

「今後はどうするのでしょうか」

「そうですね。普通は化学治療をお勧めするということになるだろうと思います」

「抗がん剤ですか」

「検査結果を見てからのことですが」

漠然とした不安があったが、「細胞レベル」という言葉で救われるような気もした。がん細胞は正常な人でもできては消えるそうではないか。そうなら、その腹水のがん細胞だって消えてくれるのではないか。あるいは消すことができるのではないか。なんとなくそういう期待を持った。


手術の翌々日から、私はコラムの執筆を再開した。夕刊の仕事が終わると午後、早めに会社を出て新宿から小田急線に乗って病院に通った。夜までずっと直美のそばに付き添った。彼女は模範的な患者だった。言われた通り、毎日廊下をぐるぐる歩いた。シャワーも毎日浴びた。

六階のレストランが六時に閉まるので、私はその直前に夕食を食べにいった。その時間帯にはもう客はまばらで、従業員も片づけにかかっている。

広い窓から丹沢の山々が見える。ひときわ尖(とが)っているのが大山だ。直美と一緒に何度も登ったことを思い出す。ある夏の日、中腹の阿夫利(あふり)神社まで登ったところで急に空が曇り、雹(ひょう)が降り出した。大山は、もとは雨降り山と呼ばれた雨乞いの霊山でもあった。その名の通りだった。

　江戸時代、大山参りの人々の中には足を延ばして江の島に参る人も多かったという。思えばいま住む鎌倉のあたりともつながっているのだ。

　暮れなずむ空を眺めていると、鴨の群れが飛び立ってねぐらへ帰っていく。そういえば以前住んでいた等々力のあたりにもよく鴨がいた。等々力から田園調布のほうへ流れ、多摩川に流れ込む丸子川という細い川がある。その川沿いの小道を散歩していると、二羽、三羽と、川の中や岸辺にいるのを見かけたものだ。

「今日は七羽もいた」と直美に話すと「とうさんは鴨が好きよね」とからかわれた。

　レストランのメニューはどれもおいしかった。しかし、客の少ない店で、ひとり黙って食べるのはつまらなかった。


　夜、病院から家に戻ると、直美のいない家は暗くがらんとしている。冷蔵庫がうなる音しかしない。早く一杯飲んで風呂に入って寝たい。未明に起きなければいけないから、ゆっくりはしていられない。しかし、たまには洗濯も掃除もしなければならない。直美から韓流ドラマのビデオの予約も頼まれていた。

　朝にはゴミも出さないといけない。鎌倉市はゴミの分別に厳しいから、出し忘れると種類によっては何週間も出せないものもある。

ある朝、ゴミ出しから戻ると玄関のつるバラが咲いているのに気づいた。ピンクの花が数輪、頭上にあった。さっそくスマホで撮ってラインで直美に送った。

バラは毎日どんどん開いた。植えたわけでもないツワブキも庭の隅で咲いた。ラインで写真を送ると「早く帰りたいな」と返事が来た。

直美に言われて、大船の電気店でリビング用のホットカーペットを買った。スマホで写真を送って、彼女に色柄を選んでもらった。

家には薪ストーブがついていた。前の持ち主はもう何年も使っていない様子だったから、本格的な冬が来る前に一度点検をしないといけない。ストーブ屋に煙突の掃除と点検をしてもらうことにして、その日だけは病院には行かなかった。

ストーブ屋は二人でやって来た。若いほうが器用に屋根に上って、長い棒のようなものを煙突に突っ込んで煤を落とした。その写真も撮って直美に送った。直美からは来週、退院できるかもという返事が来た。

直美は病院ですこし喉が痛み、咳が出るようだった。薬を処方してくれた医師に「セフメタゾンのアレルギーがあるようだ」と言われた。なんだかアレルギーの種類がすこしずつ増えているようだ。

退院の見通しがついて、直美からは「看護師さんたちにお礼がしたいから、クルミッ子を買ってきて」とラインが来た。クルミとキャラメルなどで作った鎌倉名物だ。休日などは午後遅くには売り切れている。直美は退院前に、ナースステーションや世話になった先生のところに持っていった。

とにかく退院

退院は文化の日だった。午前八時前に直美からラインが来た。

「おはようさん。ごはん食べたら退院してもいいって。もう事務手続き終わったよ。すこし早めでも大丈夫かも」

「はい、いま風呂掃除や洗濯がすんだ。じゃあ早めに行こうか。十時前ぐらいだけど」

直美が早く帰りたがっているのがよくわかる。乗ろうと思っていた電車だと、着くのは十時過ぎだろう。一本でも早いのに乗ろうと、さっさと身支度をして駅へ急いだ。

ところが、藤沢でＪＲから小田急線に乗り換えると、しばらく行った湘南台の駅で電車が止まってしまった。人身事故だという。これはまずい。運転再開はいつになるかわからない。

休日で乗客がそれほど多くなかったから、駅前のタクシー待ちの列はそれほどでもなかった。タクシーに飛び乗って直接北里大学病院をめざした。

「帰り、どっちから帰れるかな」

電車の遅れを心配した直美からラインが来た。いつものスタンプつきだ。恐竜がおもちゃの船を動かしながら「帰りたい……」とつぶやいている。私はスマホで小田急線の情報を探した。

「十時半ごろ再開と言っているけど、動くのはきっと各停だけだろうね」

病院には十時前に着けた。直美はもう帰る準備を整えていて、あとは荷物を運ぶだけだった。電車はまだ動いていないだろうから、帰りもタクシーにした。

「鎌倉まで」と言うと、運転手はすこし驚いた様子だった。相模原から座間(ざま)、大和(やまと)を通って藤沢への道は、私たちには初めて通るところばかりだった。

秋晴れの暖かい日だった。窓のガラスを下ろして、風を車内に入れながら田園風景の中を走った。

とにかく退院した。「細胞レベルの転移」というのが、これからよくなるのか悪くなるのかわからない。直美と一緒にいられる時間はあと何年あるのだろう。ともかくその時間を大事にしたい。車窓を眺めながらそんなことを考えた。

タクシーを家に着けるのは引っ越してから初めてだ。車のトランクから荷物を引き出して玄関先を見ると、アーチになったつるバラがピンクの花をいっぱいに咲かせていた。

「まあ、よく咲いたわね」

「ほぼ満開だな」

　翌日から、またふだんの生活が戻った。最初は会社帰りに直美に頼まれた食料品を買っていたが、二、三日すると、直美はもう自分で買いものに出かけた。

　週末には一緒に買いものに出かけ、私はストーブの薪割り用に小型の斧(おの)や電動のこぎりを買った。直美は軽いスティック型の掃除機を買った。これなら二階に持って上がるのも楽だ。

　直美が入院している間に、奈奈はオーストラリアに行っていた。樹里が住んでいるゴールドコーストでトライアスロンの大会があり、夫がそれに出たのだ。おんめさまの大巧寺でもらった腹帯を届けてもらった。

　その奈奈が今度は引っ越しをするという。東急東横線の祐天寺(ゆうてんじ)と学芸大学の中間ぐらいのところにある賃貸マンションに住んでいたが、湿気がひどいので新しいところを探していた。

　祐天寺駅からそう遠くないところで二階建ての貸家が見つかったという。鎌倉での生活を整えるのと直美の治療に、樹里の出産、さらに奈奈の引っ越しまで加わった。直美は奈奈の新しい家の準備にもあれこれ気を遣っていた。

妻の決意

しかし、一番大事なのはがんの再発を防ぐことだ。直美はがん治療に関する本をあれこれ読んでいた。私も何冊か読んだ。

次に北里大学病院に行って検査の結果を聞くのは、退院後二週間余りのちだ。医者は化学療法を勧めるだろう。それまでにこちらの態度を決めておかねばならない。

慶応大学で「万年講師」だったという近藤誠さんは、いま日本で行われているがん治療の多くは不要だと言う。医師と病院と製薬会社の金儲け主義が医療をゆがめていると言っている。転移しない「がんもどき」まで早期発見で見つけ、必要のない治療をしていると言う。がんの苦しみの多くは治療による苦しみだと「放置療法」を唱えている。

これに対して、長尾和宏という開業医は「ステージや転移に関係なく、闘う価値のあるがんはある」と言う。

がんには保険が適用になる標準治療というのがある。それが外科手術と化学療法と放射線治療だ。症例をたくさん重ねていて、一定の効果があることがわかっている。しかし、個別の患者の特定のがんに効くかどうかは必ずしもはっきりしない。

ネットでがんの標準治療を調べれば、いろいろながんの種類と進行状況に合わせた手術、化学療法、放射線治療が詳しく出ている。

標準治療とは別に代替療法というのがある。広い意味では、標準治療とされた三種類の治療以外のすべての治療法が含まれる。

食事療法やサプリメント、鍼灸、マッサージ、心理療法など、代替療法については数限りない本が出ている。二人に一人ががんになるという時代だから、不安な人は多い。この種の本は、あとからあとから出版され、消費されていく。

「ねえ、とうさんはどう思う」

「難しいなあ。転移した細胞が化学療法で消えるならいいけど、必ずしもそうなるとは限らないし、副作用もあるし」

「私もまだ最終的には決めていないけど、私の好きなようにさせてくれる？」

「そりゃかあちゃんの体だ。自分で決めれば反対しないよ」

直美はほかにも、自分の弟に電話をして意見を聞いたり、夫が医師をしている友人に尋ねたりしていた。

弟は化学療法に反対したという。副作用が怖いからだ。オーストラリアにいる薬剤師の樹里も反対した。抗がん剤は健康な細胞まで傷めてしまう。それより免疫力を高める方法を考えたほうがいいという。夫が医師の友人は化学療法をやってみるのも選択肢だと言ったようだ。

おそらく最初からそう決めていて、自分の意思（いし）を確かめるためにしていたことなのだろう。妻はそうして化学療法はしない決意を固めていった。

S医師との面談は朝からだった。この日は早めに原稿を出し、会社へは行かずに直美と一緒に北里大学病院に行った。直美は来なくていいと言ったが、奈奈もあとから来て待合室で合流した。

まず直美だけが診察室に入って手術痕の治り具合を見てもらった。その後、私と奈奈が呼ばれた。

「子宮自体のがんはおおむね粘膜内にとどまっていましたが、一部筋肉層にほんの二ミリほど入り込んでいます。卵巣と卵管はきれいでした。リンパにもがんはありませんでした。一応、遠隔ところが大網には、固まりにはなっていないんだけど、がん細胞がありました。転移ということになるのでステージはⅣBになります」

初期のがんのつもりが、いきなり末期になってしまった。しかし、ある程度予想していたのだろう。直美は動揺を見せなかった。

「卵管も卵巣もきれいで、転移するということもあるんですね」と聞く。

「めったにないことですが。まあでも細胞レベルの転移ですから」

すこしはましということなのだろうか。相変わらずそのあたりのことの軽重が素人にはよくわからない。

「それで私としては、次は化学療法をお勧めします。どういう薬を使ってどれだけの期間治療するかは、これから詰めなくてはいけませんが」

「先生、私は基本的に化学療法はやめておこうと思うんです。もうすぐ長女のところに孫が産まれるので、行ってやりたいんです。化学療法を始めると、きっとそんなことできないですよね」

「オーストラリアに住んでいるという娘さんですか。そうですね。なかなか難しくなるかな。でも薬を薄めて副作用を抑えるようにして使うとか、いろんな方法はありますよ」

しかし、直美の決意は固そうだった。S医師は「いますぐ決めなくてもいいですよ」と言った。「セカンドオピニオンを聞いてみますか」と医師を二人紹介してくれた。ほかにも聞いてみるならと、病院も三カ所教えてくれた。次はまた十日後に面談に来ることになった。

標準治療の化学療法をしないとすれば、あとは何ができるのだろう。

代替療法には漢方、鍼灸、アーユルベーダ、食事療法、サプリメント、気功、ホメオパシーなどがある。キノコがいいとか、温泉が効くとか、岩盤浴が効果があるとか、あらゆる民間療法が含まれる。

医学的な効果は必ずしも立証されていないが、効果があったと言う人がいるから試してみる人もいるのだろう。この治療法が効く、として保険外で治療している医者も多いし、そういう医者が書いた本も数え切れないほど出回っている。

最近は西洋医学の側からも、標準治療だけでなく代替医療も補完的に認めようという流れがあるようだ。

厚労省の研究助成金で国立病院機構四国がんセンターが作った「がんの代替医療の科学的検証に関する研究」というサイトを見つけた。それによれば西洋医療と補完代替医療を組みあわせた総合医療という考え方が生まれているという。特に終末期の患者が標準治療に加えて頼ることが多く、緩和ケア的な効能や心理的な効果はあるという。

直美の場合、ステージⅣBと言われたものの、見かけはぴんぴんしているし、いまのところ新たな腫瘍が見つかっているわけではない。おなかの中に細胞レベルのがんがあるということだ。健康な人間でも一定のがん細胞は常にできていて、それが腫瘍にならないのは免疫によって消されているからだ、というではないか。

代替療法にほぼ共通するのは、患者の体の自然治癒力を高めるという発想だ。免疫力を高めるということでもあるのだろう。それなら少なくとも体に害はない。直美と相談して、化学療法をしないのなら、ほかにできることはやってみようと考えた。

いろんな療法を調べてみて、一つ気になったのが高濃度ビタミンC点滴療法というものだった。米国の研究所で開発された治療法で、がん細胞を消す効果があったという論文もいくつかあるという。抗がん剤としての効果がありながら、ほかの細胞を傷つける副作用がないというのが宣伝文句だ。注射一本が数万円するが、もしそれでがん細胞が消えるなら値段の問題ではない。

しかも積極的に行っているクリニックが鎌倉に二つある。一つはアンチエイジング治療にも力を入れているようだ。もう一つは西洋医学と漢方治療の併用をめざしている病院だ。直美は後者のクリニックに相談に行った。ところが残念なことに、直美の子宮体がんにはあまり効果が期待できないという。

食事療法を望む

結局残ったのは食事療法だ。妻はもともと食材には気をつけていて、なるべく有機のものを使い、加工品も怪しげな化学合成品が入っているものは極力避けるようにしていた。それをさらに手を抜かずにすることにした。

樹里はゲルソン療法という食事療法を勧めた。塩や油脂、動物性たんぱく質を使わず、大量の野菜ジュースを飲み、有機栽培の野菜を大量に食べる。米は玄米、小麦も全粒粉を使う。などなど本格的にすると、かなり厳しい制限があるが、そこまで徹底すると食事が楽しくなくなる。食事がつまらないと活力が出ない。だから多少ゆるくても、元気が出ることを優先した。

大地を守る会という有機野菜の宅配組織がある。契約農家から仕入れた野菜をセットにして定期的に届けてくれる。鎌倉に引っ越してから、そこに頼むようになった。鎌倉の東急ストアにも有機野菜は置いてあるが、十分ではないので、ときどき東戸塚のモールや藤沢のデパートの地下に一緒に買いにいった。

「砂糖はガンの餌になる」と樹里が言う。実際、ブドウ糖はがん細胞のエネルギーにもなるらしい。血糖値が上がってインスリンが出てくると、それもよくないという。

白砂糖を使うことはやめた。代わりにテンサイ糖やアガベシロップを使う。徹底的にする人は白米も果物も食べないというが、そこまではしない。直美はもともとごはんをそんなに食べないが、果物は大好物だ。果物がなければ毎日がつまらない。つまらない毎日を生きていても仕方ない。そこが妻の割り切り方なのだろう。その代わり、やはり大好きだった羊羹や上生菓子や豆大福は基本的に諦めた。

「月に一回ぐらい、小さな羊羹を食べてもいいでしょう」と言う。

「それぐらいだったらいいよ、きっと」

もとよりそれでがんにどの程度影響するのかなんて誰にもわからない。我慢するところは我慢して、でもすこしは楽しみも取っておくということだ。

直美の好物の一つが、岩手名産の岩谷堂の一口羊羹だった。私はときどき直美に頼まれて、会社の近くにある岩手県のアンテナショップで買って帰った。

妻はもとから肉類はあまり食べないし、なかでも牛肉はおなかに残るからと完全にやめている。動物性たんぱく質は魚が中心で、たまに鶏か豚だ。それも信用のできる、産地が明らかなものしか買わない。

「一緒に生活していると、とうさんばっかり健康になっていくわね。私が作るのは野菜中心の健康食だし、糖分控えめだし。これでお酒を控えれば完璧なのにね」

「お酒を飲んでいても肝臓の数値は完璧だよ」

「年に三百六十四日飲んでいるのにね」

「人間ドックの前の日だけ飲まないということか」

「いつもそうじゃないの。私もとうさんみたいな頑丈な体が欲しかったな。とうさんは賞味期限が過ぎたものを食べても平気だもんね」

直美は上の兄と一歳違いだ。つまり年子である。母親が、体が十分回復しないうちに、次の子を身ごもってしまった。だから自分の体は弱いのだ。そう言っていた。

しかも子どものころから食が細かったという。そんなに食べなくて、よく体が持つものだと両親に心配された。ごはんは茶碗にちょっと盛って終わり。魚は父親がほぐしてくれて、やっと口にする。

結婚してからも、それでもうおしまいなの、と思うぐらい食べなかったし、ちょっと食べすぎるとすぐおなかを壊した。一緒に食べにいくと、妻が食べない分がすぐにこちらに回ってくるから、次第に最初からその分を計算して、少なめに注文するようになった。

ようやくこの数年、以前より食べるようになった。そのせいかすこし中年体形に近づいてきていた。結婚したころは百六十センチ弱の身長で四十二、三キロしかなかったのが五十キロに近づくようになった。

私が「体重が二割近く増えたね」と言うと、「その言い方はないでしょう」と怒った。

食事療法のほかには、ハーブのお茶を買った。免疫力を高めるというハーブを調合してもらったものだ。それに遠赤外線でおなかを温めるという健康器具も買った。温めることで免疫力を高める。気休めかもしれないが、一応理にはかなっている。

十日後の面談で、S医師はやはり化学療法を勧めた。直美は事前に決めた通り、それを断った。医師もそれ以上無理強いはしなかった。

「明るく前向きに暮らすことが一番ということかもしれませんね」とS医師は言った。

定期的な検査は続けて、変化があればまたその時に対応しましょうということになった。

闘病の力みも悲壮感もなく

鎌倉は秋が深まっていた。気づくとあたりの民家のあちこちに大きな夏ミカンが実っている。

「今年は夏ミカンの当たり年なのかな。どこもいっぱいねえ」

一緒に散歩をしている時に直美が言った。

「確かによくなる年と、そうでない年があるのかもしれない。夏ミカンだけでなく、柚なんかもよくなってるよね。柑橘系（かんきつけい）の当たり年かな」

自宅の近くに、ひときわ立派な夏ミカンの木が植わった家があった。その木をふたりで眺めている時に、家の主人が庭掃除に出てきた。

「よくなっていますね」

直美が声をかけた。

「よかったら二、三個持っていってください。そのままじゃあ酸っぱいけど、ジャムにするとおいしいですよ」

「まあ、嬉しい。いつもこのお庭、きれいだなあって拝見しているんですよ」

直美がそう言うと主人は庭の奥まで案内してくれた。桜や梅、楓、千両、万両と季節季節の樹木が植わっている。

もらった夏ミカン三個で、直美はジャムを作った。二瓶できたうちの一瓶をお礼に届けると、また三個もらった。それでまたジャムができた。

駅の近くまで通じる裏道に面した家で、いつも庭に鳥が集まっている家があった。垣根越しに覗くと、庭に餌場が作ってある。うちもあんなのが欲しい、と直美が前から言っていた。

リフォームの時に、いらない壁の棚をいくつか外した。そのうちの一つを山桜の木の、枝が三つ叉になったあたりにくくりつけて、その上に植木鉢の受け皿を置いた。

最初はパンの耳をほぐして餌にしたが、面倒くさくなって、アワやヒエなどのむき実が入った小鳥の餌を買ってきて、やることにした。

まず集まってきたのはスズメだ。スズメは用心深い。最初は一羽か二羽が恐る恐るやってくる。隣にある空き地の木の、高い枝に止まって様子を見て、次に垣根の木の中に隠れるようにして、徐々に徐々に近づいてくる。兵隊が匍匐前進してくるようだ。ようやく餌の皿に乗ってもすぐには食べない。きょろきょろ周りの様子を見て、誰もいないのを確認してからやっと首を突っ込む。

すこしでも人の姿を見ると、わっと一斉に逃げてしまう。そして空き地の木まで近寄ってきて、また一からやり直しだ。一、二羽がしばらく食べていると、これはどうやら大丈夫らしい、と仲間が順にやってくる。それもまた、空き地の木から同じ手順を踏むのがおかしい。

そっと見ていると数はどんどん増えて、やがて十数羽にもなる。そうなると今度は争奪戦だ。スズメの中にもいじめっ子や臆病者がいるらしい。すぐに隣のスズメを突っつくやつや、餌の皿から追い出されるとなかなか元に戻れないのもいる。

よく見ると体形もいろいろあって、スリムなのも太ったのもいる。直美がマッチョスズメと名づけたのがいる。それはわざわざ上の枝から逆立ちするようにして皿にくちばしを突っ込み、ちょっと食べるとまた元の姿勢に戻る。それを繰り返す。まるで体操をしているみたいなのだ。

そうかといえば、人影を見てみんながわっと逃げたのに、まだぼそぼそ食っているデブスズメもいる。しばらくして、みんながいなくなったのに気づくと、ばたばたと重そうに飛んでいく。

スズメに続いて来るようになったのはキジバトだ。これは体が大きいせいかスズメのように警戒心は強くない。かなり近寄っても逃げないし、次第に朝、餌を待つように近くの木にとまっているようになった。がつがつ食べるだけでなく、餌皿の上でときどき放心したように周りを眺めていることもある。

直美はキジバトのことを山鳩(やまばと)の「山ちゃん」と呼んだ。やがてキジバトも一羽ではなく二羽で連れ立って来るようになったが、どちらも「山ちゃん」だった。

最初はキジバトが来るとスズメは逃げていたが、次第に一緒に食べるようになった。妻はスズメとキジバトのどちらも見たいので、餌皿だけでなく、下の地面にもまいてくれと言った。両者は上のスズメと下のキジバトで、棲み分けて餌を食べるようになった。

パンの耳も捨てるのはもったいないので、餌皿のそばに小さなかごを置いて、細かくちぎったのを入れてやった。するとそこにはときどきシジュウカラが来るようになった。

和歌山の妻の里からミカンが送られてきた。と思うと別のところからも届いた。食べ切れないので、悪くなりかけたのを二つに割って、植えたばかりの無花果の木の枝に刺した。そうするとメジロがやってきた。

メジロはいつもつがいで来る。スズメより小さい黄緑色の体に、目の周りだけが白く、愛らしい。スズメほど臆病ではなく、わりあい近くで眺めていられる。半分にしたミカンの中に首を突っ込むようにして、実だけを丁寧に食べる。彼らが去ったあとのミカンは、周りの皮と中の薄皮だけになっている。メジロは妻の一番のお気に入りになった。

そうするとメジロを追い散らすように現れたのがヒヨドリである。キジバトよりは小さいが、スズメやメジロに比べれば大きな体をしている。ヒヨドリが現れるとメジロはびっくりして逃げていく。それに意地汚い。メジロが丁寧に実だけを食べていたのを、皮ごと食い散らかす。体の色もあんまりきれいとは言えないし、頭はぼさぼさ。声もキーキーとヒステリックだ。さらにはウッドデッキの上に糞まで落としていく。直美はヒヨドリが来るたびに追い払った。メジロとヒヨドリと直美の攻防は、自然の餌が豊富になって、野鳥があまり庭に来なくなる春まで続いた。

ある日、スズメの一群が去ったあと、また別のスズメがいるのに気づいた。しかしよく見ると、大きさはスズメぐらいで似たような茶色っぽい体だが、模様がすこし違う。目のそばの白い模様がなく、全体に模様の線が細かい。どうやら別の鳥らしい。図鑑で調べてみるとタヒバリだった。スズメがいつも大群で来るのと違って、タヒバリはたいてい二羽だ。きっとつがいなのだろう。

ほかにも、ときおりクロツグミが庭に姿を見せた。春には、いつも声しか聞こえないウグイスの姿も見た。

ウグイスよりも賑(にぎ)やかな声の、見慣れない鳥が来るなと思った。ガビチョウだった。目の周りの白い模様ですぐにわかるようになった。外来種なので野鳥愛好家には嫌われているようだが、いろんな鳴き方をする器用な鳥だ。

直美の部屋は滑川に面していて、夜になると鴨の声がするという。昼間も見かけることはあるが、いつもではない。鴨のねぐらが近くにあるのかもしれない。まっ白なサギがすっと立っている姿を、川の中で見ることもある。

ハクセキレイは滑川にかかる東勝寺橋のあたりにいつもいる。トビは朝からピーヒョロロと鳴きながら鎌倉の空を舞っている。小町通りで食べ歩きをしている観光客を狙っているのだ。

直美はごく親しい友だちにだけ、病気のことを伝えた。

名古屋に住んでいたころのママ友二、三人、横浜の藤が丘にいたころの友だち何人か、茅ケ崎に住んでいる「おーちゃん」、等々力にいたころ娘のようにかわいがっていた美容師のノンちゃんだ。

話をしたのは、化学療法について相談した学生時代の友人を含めても十人前後だろう。二、三日に分けて毎日電話をしていた。

「私は何ともないのに、相手に泣かれて困るわ。それにみんなうちに来たがるの。来ないでいいって言ってるのに。ほかに優先したいこともあるのよね」

ステージⅣBといえば、たいていの人は驚くだろう。それだけ聞けば、もう末期がんの患者である。余命の宣告を受けている人もいるだろう。苦しい闘病が想像される。しかし、実際苦しいのは化学療法や放射線療法による副作用なのだろう。このころの妻を見ていると病と闘っているという力みも悲壮感もなかった。

第三章　冬

ふだんが戻ってきた

鎌倉の紅葉は遅い。滑川の水面に両岸からせり出す木々も、十二月になってようやく鮮やかな紅色に色づきだした。山の餌が少なくなったのか、わが家の裏庭を訪れる野鳥の数は次第に多くなった。

直美の手術の傷自体はすっかり癒（い）えた。関節はときどき痛むけど、それを含めてふだんと変わらない様子に見え、生活のリズムも元に戻ったように思えた。

がんのステージⅣB、細胞レベルでの転移という言葉がずっと心に引っかかっていたが、要はがんが固まりになって再発しなければいいのだ。

　ふたりとも鎌倉での暮らしにすこしずつ慣れてきた。私自身も東京の会社と鎌倉との往復という新しい生活に順応してきたような気がした。

　そろそろストーブの火が欲しくなる季節になった。後輩の建築士が大量の端材を持ってきてくれていた。焚き（た）つけ用の細かいものもあるが、四寸の柱材などは薪代（まき）わりになりそうだ。ただ長さがまちまちで、ストーブには入らない長いものも多い。最初は普通ののこぎりで切っていたが、とても間に合いそうになく、電動のこぎりを買って、週末は薪造りに精を出した。

　子どものころマッチで遊ぶと叱られたが、薪ストーブは大人に許される火遊びのようなものだ。

　まずストーブの裏にある空気孔と煙突の空気調節レバーを全開にして、空気が通りやすくする。次に正面の、耐熱ガラスが入った観音開きの扉を開けて、炉内に新聞紙をくしゃくしゃと丸めて置く。その上に細い焚きつけを組み上げていく。柄の長いライターで火をつけて、しばらく火が全体に回るのを待つ。十分勢いがついたら、やや太めの焚きつけを入れ、次第に太い薪を入れていく。ストーブ全体が熱くなってきたら、あとは薪を足していけば大丈夫だ。熱い空気は上へ昇っていくので、吹き抜けの天井にあるファンを回しておけば暖気が家全体に回る。

夕方寒くなるころに火をつけて、起きている間は薪を足していく。そうすると寝てしまっても朝までほのかに暖かさが残っている。実際、朝起きてストーブを開けてみると、まだ火が残っていることもある。

最初は失敗もした。直美が料理をしようと換気扇をつけている時にストーブに火をつけたら、ストーブの扉の隙間からもくもくと煙が吹き出し、家中に広がった。不完全燃焼を起こしたのだった。

冬の夜に、ゆらめいている炎を眺めているのは楽しく、飽きない。火は生きているようで、実際ときどき手をかけてやらないと弱って小さくなってしまう。いったん小さくなってしまうと、元の勢いに戻すのに手間がかかる。

私がどんどん薪を継ぎ足していると、直美が言う。

「そんなに使うと冬中、持たないよ」

でも、薪を足さないとせっかくの火が弱くなる。ストーブの温度を維持しておくことが大事なのだ。

「とうさん、ストーブが消えそうよ」

二階に上がっていて、しばらくストーブのことを忘れていると、妻が呼ぶ。

思ったより、薪が必要であることに気づいた。後輩には端材をたくさん持ってきてもらっているけど、それでは足りなさそうだ。そもそも建築材は針葉樹なので、勢いよく燃えるけれど早く燃え尽きる。やはり広葉樹の薪が必要だと思い、薪屋を探して注文した。薪ストーブはちょっとしたブームのようで、薪を扱う店も鎌倉や藤沢にできていた。

ナラの太い薪は、一度火がつけばゆらゆらと炎をくゆらしてゆっくり燃える。それを眺めているとゆったりした気持ちになる。


造り直してもらった側面の庭には、柚(ゆず)と夏ミカンなどの柑橘系(かんきつけい)を三本、それに直美が好きな無花果(いちじく)を植えてもらっていた。正面の庭はまだほとんど手つかずだった。そこには一段高くなった花壇のような場所がある。隣家との境界には生け垣としてトキワマンサクを植えてもらった。だが、その内側はまだそっくり空いていた。

等々力から持ってきた鉢植えのロウバイを入り口のすぐ脇の花壇に植え替えてもらった。直美の里にある木から接ぎ木で増やしたものだ。花の少ない冬に、黄色く蠟(ろう)を引いたようにつやのある花を咲かせる、はずだった。だが鉢植えでは栄養が足らないのか、これまで咲いたことがない。地面に植え替えれば、今度こそは咲いてくれるかもしれない。

ロウバイと反対の奥のほうには、萩(はぎ)を植えてもらった。だが、それでもその間のスペースがまだかなり空いている。

玄関のバラのアーチは、一方からだけ伸びている。だから反対側の花壇にもつるバラを植えた。それでもまだスペースがあるので、できるだけバラを植えることにした。

正面の庭は、冬場は山の陰になる。あまり日当たりがいいとは言えない。日陰に強いバラの種類を調べて、大船のホームセンターに買いにいった。穴掘り用のシャベルや肥料も買った。

庭に大きな穴を掘る。小さな苗でも直径、深さとも四十センチぐらいの穴がいる。そこへ肥料を入れて、バラの苗を植える。地面にシャベルで穴を掘るなんていつ以来だろう。バラ栽培の本を読むと、最初の年はつぼみを取ってしまって花を咲かせないほうが、幹が育って強い木になる、と書いてある。さて、我慢できるだろうか。

花壇とウッドデッキの間は何もない地面だ。土のままでもかまわないが、芝生を植えてみようと思い立った。ここも日当たりがよくないので、日陰に強い種類を選ばなければならない。いろいろ調べて、セントオーガスチンという芝を植えることにした。

いまは何でもネット通販で頼むことができる。長方形のマットのような形で売っている芝生も、土壌改良用の砂や芝生用の土も、土をならすレーキも、みんな通販で頼んだ。砂の袋を何十キロも運ぶ運送屋さんは大変だが、車を持たない者にはありがたい。週末にひとりで石ころを拾い、砂や土を入れ、芝生を敷いていった。

いつもの年越しと同じように

直美の関心は何といっても樹里の出産だった。予定日は五月だから、あと半年ほどだ。週末に一緒に辻堂のモールに行き、マタニティ用品と赤ちゃん用品を買い揃えた。段ボール箱に詰められるだけ詰めて、オーストラリアに送った。

妻は茅ケ崎の知人のところに、ときどき遊びにいった。名古屋時代に同じ寮にいて、娘たちがずいぶん世話になった「おーちゃん」である。家に行くこともあったが、藤沢あたりで待ち合わせて、一緒に昼ごはんを食べて、買いものをして帰ってくることも多かった。

彼女は直美の料理の先生でもあった。もともと妻は料理がそれほど得意なわけではなかったが、結婚してからずいぶん上達した。食材にもこだわるようになった。おーちゃんの影響がかなりあるようだ。

彼女が夫と別れ、茅ケ崎にひとりで住んでいるのを気にかけていた。鎌倉に住めばいつでも会える。移住した動機の一部にはそんなこともあったかもしれない。

ふたりでお昼を食べ、お茶を飲み、話をする。妻は聞き役が多かったらしい。「おーちゃんの話を聞くのもけっこう大変なのよ」とぼやいていたこともある。おーちゃんにしてみれば、ふだんの不満や不安を吐き出せる唯一の友人だったのだろう。

おーちゃんと会ったあとは茅ケ崎駅前にある評判の魚屋で、よく刺し身や干物を買って帰ってきた。

ある時、直美がショッピングカートが欲しい、と言い出した。高齢の女性がよく買いものの時に引っ張って歩いている、車のついた買いものバッグだ。いずれ自分も荷物を持つのが大変になる、と思ったのだろう。藤沢でデパートをはしごして探した。黒い色の手頃なものを見つけて買った。結局、妻が使うことは一度もなかったのだが。

そうして、その年は静かに暮れていった。直美は例年のように正月の準備をした。餅は、いつも豆大福を買いにいく旭屋本店に最低限の量を頼んだ。煮しめと雑煮の材料を揃え、下ごしらえをした。

わが家の雑煮はもともと関西風の白味噌仕立てで丸餅を入れる。具は鶏肉、里芋、大根、ニンジンなどだ。食べる時に鰹節と青のりを散らす。

しかし、白味噌だけだと甘すぎるので、私の母親はほかの味噌を混ぜて合わせ味噌にしていた。妻はその雑煮を引き継いだ。ただ味噌味ばかりだと飽きるので、二日目、三日目あたりにはすまし仕立ても作っていた。これは里の龍神風なのかもしれない。

私は松を買ってきて玄関の開き戸の脇にくくりつけた。小さな鏡餅を買って、上に和歌山から送ってもらったミカンを載せた。妻は、ふだん使わない花器を倉庫から出してきて正月用の花を飾った。

奈奈と夫が年末から泊まりに来た。私の仕事は、夕刊がなくなる二十九日から正月の三日まで休みだ。最初の晩は四人で日和に食べにいった。奈奈と一緒に何合か日本酒を飲んだ。妻と奈奈の夫は、ほとんど酒は飲まない。翌日はまた四人でタイ料理屋に行った。

いつもの年のように南青山の行きつけの料理屋におせちを注文していた。例年は大晦日(おおみそか)に私が取りにいくが、家が遠くなってしまったので奈奈の夫に車で取りにいってもらった。

鶴岡八幡宮への初詣は初めてだった。横須賀線が夜通し特別列車を走らせると聞いて、夜中も大勢客が来るのかもしれないと思った。未明か早朝が一番すいているのではないか、と見当をつけた。早めに寝て、朝六時ごろに起きてお参りに行く。

空にはまだ星が残り、空気は肌を刺すように冷え切っている。「寒い」「寒い」と言いながら四人で八幡宮に向かった。

東勝寺橋を渡り宝戒寺の前に出ると、道路の様子がふだんと違っていた。八幡宮の三の鳥居(とりい)前の通り、横大路が、東は宝戒寺の前の三叉路(さんさろ)から、西は小町通りの入り口あたりまで歩行者天国になっていた。若宮大路も自動車が通れなくなっていて、バスは、ふだんは通らない小町大路を走っている。

片側一車線しかなく休日は渋滞している横大路も、車がいないとずいぶん広々としている。まだ人通りも少ない。車道のまん中を歩くのは、どことなく落ち着かないものだ。

三の鳥居から境内に入り、源平池の間の参道を歩く。玉砂利の道をまっすぐ歩いていくと、舞殿の屋根に大石段の上の本宮が重なって見える。両側には屋台がずらりと並んでいる。朝から酒を出す店もある。参道の脇に、参拝者に情報を伝える大きな仮設のスクリーンができている。混み出せばきっとこのあたりに長い行列ができるのだろうが、いまはまだ平日の朝ぐらいの人出だ。

大石段を上って本宮の社殿に入ると、ようやく人混みができていた。大きな賽銭箱にお金を投げ入れて参拝をすます。大石段を振り返ると、一直線に伸びる段葛の向こうに海が見え、空が白みはじめていた。

等々力に住んでいたころ、直美は自由が丘の近くの奥澤神社が好きだった。それほど大きな神社ではないが、鳥居にわらで作った大蛇が巻きついていて、独特の雰囲気がある。「ここが一番エネルギーを感じる」と言っていた。私にはわからないが、妻にはそういう、聖なる場所の力を感知する能力があった。

元旦には地元の玉川神社に参拝に行ったが、三が日のうちには奥澤神社にも行って、破魔矢はそこで買うのが習わしだった。今年は鶴岡八幡宮の破魔矢だ。

「今年の目標は何ですか」

元旦になるといつも直美に聞かれて、そのたびに何だかはっきりしないことを言ってしまう。だが、この年の初めには直美は何も聞かなかった。

家に戻って、鎌倉での初めての正月を祝った。雑煮の味もおせち料理もいつもの通りだった。

直美の病気は気掛かりだったが、新たな土地鎌倉で、この年もいつもの年と同じように過ぎていくように思えた。何より妻自身が病気をあまり気にしていないかに見えた。手術そのものからはすっかり回復し、食欲もあった。生活も以前と同じようなペースだった。

朝は私より一時間遅く、五時半ごろに起きて朝食を作る。私が自分の部屋で原稿を書いている間に掃除や洗濯をする。八時半過ぎに私を送り出したあとは、買いものに行ったり片づけものをしたりして、おもな仕事は午前中にすませる。午後からは韓流ドラマを見たり、本を読んだりして過ごしていたようだ。

私はこのころも、なるべく早く帰るようにしていた。午後四時過ぎに新橋の駅から「帰ります」とラインを送り、五時半より前に家に着く。

「今日も早いね」

「年寄りは早寝早起きがいいのさ」

「晩ごはん、まだできてないよ」

「まだ六時前だから、ゆっくりでいいです」などと言いながら、実際には六時前には夕飯を食べはじめる。

食べ終えたあとも私はテレビのニュースなどを見ながら、ダイニングテーブルでだらだらとお酒を飲んでいる。直美はリビングのソファで韓流ドラマを見ている。というのが毎日のパターンだった。

土日のどちらかには、たいていふたりで買いものに出た。車を持たないから、重いもの、大きいものは週末に私が運ぶのだ。ときどきは藤沢や東戸塚に行って、有機の野菜を買って帰った。

大船の仲通(なかどおり)商店街に初めて行ってみたのもこのころだった。

「大船にアメ横みたいな通りがあるんですよ」と、ケーブルテレビの営業マンに聞いて、一度行ってみようと思っていた。

JR大船駅の東口を出て、広い通りから一本入ったところが仲通商店街である。確かに、狭い通りに商店が立ち並び、人通りも賑やかだ。魚屋、八百屋、お菓子屋、用品店、靴屋、花屋、本屋、食堂と並んでいる。

「さあ、今日はこれがお買い得だよ」と、店の表で店員が大きな声をあげているところもアメ横を思わせる。同じ鎌倉でも、観光客向けの鎌倉駅前とはまったく違う雰囲気の、生活感にあふれた通りだ。

魚屋の二階にある回転寿司が安くておいしいと聞いて、入ってみた。店舗の脇にある階段を上ると、入り口には行列ができていた。三十分ほど待った。コの字形にカウンター席とテーブル席が配置され、客の前を寿司が回っている。コの字の中に板前が二人いる。満席で三十人ぐらいだろうか。

回転寿司ではあるが、直接注文している人のほうが多いように思えた。階下の魚屋と同じ経営なのだろう。さっき下で「今日のおすすめ」と言っていた生ガキがここでもおすすめになっていた。

休日だからと私は昼間からビールを頼む。直美はたくさんは食べられないから、一皿に二カン載っているのを、たいてい一カンはこちらに回してくる。

「とうさんは好きなのを食べてよ」と言い、私は私で注文する。

直美の食欲が戻っているのが嬉しかった。

再発も転移もなく

家の庭には相変わらず、野鳥が遊びに来た。小鳥の餌を置いた皿には、スズメが多い時は十数羽集まった。キジバトはいつも二羽で来る。スズメやキジバトがいないころを見計らって、タヒバリがこっそりやってくる。餌をやるのは私の仕事だ。以前は朝だけだったのを、直美に言われて朝夕の二回やるようになった。

ミカンを二つ割りにして無花果の枝に刺してやる。それをめがけてメジロとヒヨドリがいつもの攻防を繰り返していた。とはいえ、体の大きさからいってもメジロに分はない。ヒヨドリが来ると追い散らかされてしまう。

直美はメジロをこよなく愛していた。ミカンをやる時には「チー、チー」とメジロの鳴きまねをして呼んだ。すると、なぜかすぐにメジロが姿を現す。

「ヒヨドリに餌をとられない方法がないかしら」と言うので、一計を案じた。

正月のおせち料理が入っていた白木の折がある。その縁に割り箸で柱状のものを立て、上にもう一つの折を逆さにかぶせる。割り箸の間隔を、メジロが入れてヒヨドリが入れないぐらいの狭さにすれば、メジロだけの餌場ができるのではないか。

接着剤で割り箸を貼りつけて作ってみると、白い柱がめぐらされた安手のギリシャ神殿のようなものができた。私はこれをパルテノン神殿と名づけた。

　神殿の効果は絶大だった。ウッドデッキに神殿を置き、中に輪切りのミカンを入れてみた。するとメジロはするっと中に入る。だが、ヒヨドリはくちばしを突っ込んでみるものの、体は割り箸の隙間に入らない。いらだったヒヨドリはウッドデッキに糞をして飛び去っていった。


　家の入り口にあるつるバラは、葉を落として枝だけになっている。その根元でいつの間にかスイセンが十輪ほど咲いていた。中古で買った家だから、どこに何が植わっているのか、花が咲いてみないとわからない。緑の細い葉が伸びているのには気づいていたが、スイセンだとは知らなかった。白い六弁の花のまん中に黄色い芯のようなものがある。小さな花だが、濃い緑の葉とのコントラストが鮮やかだ。

　週末にふたりで若宮大路のレンバイを覗くと、花農家が入っていた。シクラメンや葉ボタンと並んでビオラの寄せ植えがあった。青や黄色が鮮やかなのに惹かれ、一つ買って玄関先に置いた。単色っぽい庭がすこし彩りよくなった。

　そんなころ鎌倉に雪が積もった。夕方から降り出した雨が夜半に雪になって、朝には屋根も庭もまっ白になっていた。滑川にかかる木々の枝も、川の流れからわずかに顔を出した岩も白く化粧をしていた。

「とうさん、雪よ。引っ越してから初めてね」

直美は雪が好きだ。故郷の龍神村は、ひと冬に何度か雪が積もる。その景色を思い出すのだろう。

「あ、くーちゃんがやられちゃった」

直美が外で叫んでいる。

くーちゃんとはクワズイモの植木のことである。等々力の家から持ってきたもので、大きく重い鉢に植わっている。もううちに十数年いる。何度も生え替わり、いまは太い幹から大きな葉を数枚広げて、高さも一・五メートルほどになっている。それをウッドデッキに置いていたのだが、寒さで葉が凍ってしまったようだ。

昨夜のうちに家の中に入れてやらなかったのを悔いた。遅いかもしれないけど、重い鉢を引きずるようにして家の中に入れた。

オーストラリアにいる樹里と直美は毎日のようにスカイプで話した。スカイプなら三十分話そうが、一時間話そうが無料である。しかも画像つきだから、樹里のおなかが大きくなっている様子までわかる。

「あ、いまおなかを蹴ってる」などと言って、いつも楽しげに話している。

樹里からはいろんな注文が来た。日本製のものがいいからと自分でネットで頼むこともあって、出産準備の品物やら何やらが、家に続々届く。

それをオーストラリアに送らねばならない。抱き枕に化粧品に哺乳瓶に搾乳器。それに日本食やお菓子も大量に詰めて送った。

日本製のオムツを送って欲しいとも言ってきた。オーストラリア製とは相当できが違うらしい。出産は五月の予定だけど、妻もなんとなくそわそわして、大きな段ボール箱に詰められるだけの新生児用オムツを詰めて送った。

週末、藤沢の小田急百貨店にふたりで行った時のことだ。妻はどうしても赤ちゃん用品の売り場が気に掛かる。おくるみにもなるような、もこもこしたベストがかわいいと言って、買ってしまった。

そうかといえば、抱っこひもの売り場で、たまたま通りかかった若いおかあさんに、「どこのメーカーのがいいのかしら」と尋ねる。そのおかあさんも使っているアメリカ製のがいいと聞いて、さっそく樹里にスカイプした。

一月下旬にＣＴでがんの定期検査をして、その結果が二月初めにわかった。再発も転移もなかった。リンパも腹水も異常はなく、腫瘍マーカーも正常だった。この調子なら出産の手伝いにオーストラリアに行っても問題なさそうだった。そしてひょっとしたら、このままの状態を長く続けていけるのかもしれない。そんな淡い期待も生まれてきた。

ラインで妻が樹里に検査の結果を報告すると、「いまの食生活でがんばろう。オーストラリア行きのチケットを探しておくね」と返事が来た。樹里の住むゴールドコーストはジェットスターしか直行便がない。ＬＣＣ（格安航空会社）であるジェットスターの料金は、日によって違うのだった。

確定申告はいつも直美の仕事になっていた。医療費をたくさん使っているから、その領収書がたまっている。災害などで日本赤十字社に何件か寄付もしている。都内にいる時は税務署に出向いて、職員に教えてもらいながら申告したが、今回は電子申告に挑戦した。奈奈に相談しながら、なんとかできたようだ。

二月も末になるとウグイスが鳴きはじめた。家の門柱の脇で咲いているスイセンは盛りを過ぎた。その代わり、よく見るとバラに小さい葉が出はじめている。春が近づいてきた。

第四章　春

体調は安定

直美の体調は安定していた。東日本大震災からの五周年が近づいてきて、私は東北に取材に行くことにした。三回に分けて福島から青森までの太平洋岸沿いを、可能な限り公共交通機関で順に巡（めぐ）ろうという計画だ。

原発事故のために住民が避難を続けている福島の浜通りが難題だった。しかし常磐線（じょうばんせん）の不通区間を、一日一往復だけ代替（だいたい）バスが走っていることがわかった。いわきから八戸（はちのへ）まで公共交通機関だけで動けるめどがついた。

平日は毎日コラムを書かないといけないので、取材旅行は主に週末になる。それは妻にとっても好都合だった。私がいない時に、妻は友人に会いに行ったり、友人を家に呼んだりした。

学生時代の友人がいる京都には妻のほうから行った。二泊三日の旅行だった。思うところがあったのだろう。久しぶりに鞍馬山(くらまやま)へ行ったそうだ。妻は学生時代、鞍馬へ行く途中の叡(えい)電(でん)（叡山(えいざん)電車）の木野に住んでいた。会いに行った友だちも同じ寮にいた人だ。何かの思い出があったのかもしれない。

「山に登れるかどうか不安だったんだけど、意外に歩けた。何とか一緒に登れたわ」と嬉(うれ)しそうに話していた。

以来、鞍馬寺のお守りは直美の部屋に飾ってある。

名古屋時代の友人二人は鎌倉に泊まりに来た。前から「鎌倉に呼びたい」と言っていたのが、ようやく実現した。

日和でランチを食べて、家に来たようだ。直美は夕食と次の日の朝食を作った。まだ寒かったのだろう、薪(まき)ストーブも焚(た)いた。

その時に家の前で撮った写真が残っている。妻はある年代になって以降、写真を撮られるのを嫌っていた。しかしこの時は、本当に嬉しそうに友だちと並んで写っている。

その翌々週には、私の後輩の建築士と大工さんと植木屋さんがランチに来た。これも妻が「一度お礼に呼びたい」と言っていたものだ。

直美はスーパーに骨つき肉を注文しておいて、久しぶりに鉄鍋でスペアリブを大量に作った。ほかにもいくつか得意料理を大皿に並べた。お客さんたちはみな車で来ているので、ノンアルコールビールで盛り上がって、料理をほとんど平らげてくれた。

妻は満足そうだった。

若宮大路の中央にある段葛（だんかずら）は、私たちが引っ越してきたころからずっと工事中だった。鶴岡八幡宮の二の鳥居から三の鳥居までの、約五百メートルの参道だ。両側の道より一段高くなった、鎌倉独特の建造物だ。段葛の両端には桜の木が植わっていて、春には花のトンネルのようになった。大正時代に植えたというその桜が老木になり、石積みも傷みが目立ってきたために全面改修された。

三月になってようやく一年半の工事が終わりに近づいた。若宮大路の中央を、かつてのベルリンの壁のように塞いでいたフェンスが順に取り払われて、新しい段葛が姿を現した。

桜は植え替えられ、石灯籠（いしどうろう）も新しくなった。舗装も雨水が浸透するような最新式になった。まだか細い桜の若木にもちらほらと花が咲きはじめ、三月末には中村吉右衛門（なかむらきちえもん）ら歌舞伎役者が来て、通り初めがあった。

私は四月初めの誕生日で六十歳になった。定年である。三月末に人事の担当者から今後の待遇の説明があった。いまの仕事はそのまま続けることになっていたが、再雇用だから給料は大幅に下がる。それでも年金の一部が出はじめるし、二人で生活するぐらいは何とかなりそうだった。誕生日の数日前に、退職の辞令というのを後輩の役員からもらった。

朝刊一面のコラム「天声人語」は、当時論説委員二人が交代で書いていた。その手伝いをする天人補佐という役割の記者がいる。一年交代で中堅記者が務めている。

この春に天人の二人が同時に交代するということになって、歴代の天人補佐が記念の会を開いた。そこに私も呼んでくれた。その日はちょうど私の誕生日、つまり退職の日だった。ちゃんとそれを知っていて、合わせてくれたのだった。

またその同じ日に、地元の葛西ケ谷自治会の年次総会が若宮大路の生涯学習センターであった。私が行けないので直美が出た。そこで何人かの知りあいができたようだった。

妻ひとりオーストラリアへ

直美のオーストラリア行きも近づいてきた。大きなスーツケースやバッグに何度も荷物を入れて、体重計で重さを量ってみては詰め直した。オムツ、食材、お菓子。自分のもの以外に運ぶものがたくさんあった。

オーストラリアに持っていくつもりだったのだろう。東銀座にある岩手県のアンテナショップで、岩谷堂の一口羊羹（ひとくちようかん）を買ってきてほしい、と言ったことがあった。直美の一番の好物である。塩羊羹と黒練りがいいというので、両方で十個ほど買って帰った。しかし結局、荷物から外した。ダイニングの戸棚に入れたその羊羹は、オーストラリアから帰ってきてからも、妻が食べる機会はもうなかった。

大きな荷物は宅配便で前日に成田空港まで送って、直美は日曜の午後に出かけた。大船発の成田エクスプレスで行くので、私は鎌倉駅まで荷物を持って送っていった。小さなスーツケースを引いて、手を振りながら改札の中に入っていく姿を見送った。ふと、あの日手術室に入っていった姿と重なった。

妻は翌朝、ゴールドコーストに着き、その日から樹里を助けておさんどんを始めたらしい。ゴールドコーストの家には樹里と夫の仙君のほかに常に二、三人のシェアメイトもいた。留学生や現地で働いている若い日本人である。食事はそれぞれ自分で作ることになっていたが、ときおりは彼らも一緒に食べることがある。みんな若いから、料理の量はこちらの比ではない。妻は毎日、鎌倉にいる時の三倍の量の野菜を刻んだという。

私のほうはひとりの生活が始まった。五月の連休に、家にひとりでいるのはつまらないので、最後の東北取材を企てた。東北新幹線で八戸まで行って、久慈から宮古をまわって盛岡に出るコースだ。

宮古では、田老観光ホテルが震災遺構になっている。津波の直撃を受けて下層階が骨組みだけになり、上層階だけが残った建物だ。三年前に外から見たことはあった。震災のボランティアガイドとともに初めて中に入った。最上階の部屋で津波の映像を見た。湾口から入ってきて右手の防潮壁にぶつかった巨大な津波が、今度は方向を変えて自分のほうに向かってくる。その映像をまさにその場所で見た。

震災後初めて盛岡に行った時、居酒屋に刺し身があるのに驚いた。どこから仕入れているか聞くと、久慈ということだった。久慈の港は復旧が早かったのだ。

その久慈でホヤを食べた。食べ慣れない食材だが、居酒屋で周りの客がことごとく頼むのを見て、食べてみたくなった。昔、新橋の居酒屋で一度だけ食べたものはアンモニア臭い印象しかなかった。産地のものはそれとはまったく違っていた。海のパイナップルそのものの芳香だった。

オーストラリアにいる直美との連絡はもっぱらラインだった。私は妻に頼まれて、少々伸びすぎた鉢植えのビオラを庭に植え替え、その写真を送った。妻からは、和風出汁（だし）やフリースのベストを送ってくれとか、韓流のドラマを予約しろとか言ってきた。

ひとりでいると、自分がいかに家のことを知らないか、ということがわかる。

ある時台所の水道のレバーを動かしても水が出なかった。元栓は開いているし、洗面所やほかの水道は出る。困って直美に尋（たず）ねた。直美もわからないから「建築屋さんに聞いてみたら」などと送ってくる。ライン電話に切り替えて、話しながらあれこれさわっていると、水道の栓の先端に一時停止のボタンがついていることを思い出した。

鎌倉に来てからスティック型の掃除機を買った。ごみがいっぱいになったようだから、出そうとしたが、ふたを開けるのにどのレバーを押せばいいのかわからない。あちこちさわっていると、ごみをためる部分そのものが外れてしまった。またライン電話で妻の世話になった。

東北出張から帰ると、玄関のバラが五、六輪咲いていたので、スマホで写真を撮って直美に送った。バラは次々に咲きはじめた。去年は妻が手術のために入院していた秋に咲いた。今年は春から咲くのだろうか。無花果（いちじく）も葉を広げ、柚（ゆず）もいっぱい葉を出してきた。芝生も伸びはじめたので、電動の芝刈り機を買った。週末の仕事が増えた。

「もう産まれたかい」と和歌山の義母が電話してきたのは、連休が終わって一週間後だった。

「いえ、まだです。予定日はまだ二、三日先だったかな」

「ああ、そうだったかい」

実は義母の記憶のほうが正しかった。電話をしてきた日が予定日だったのだ。

そして早朝に家で原稿を書いている時に、ラインが来た。

「昨日、男の子が産まれたよ」

直美からだった。産まれたのは私が、間違って予定日だと思い込んでいた日だった。

「結局帝王切開したよ。樹里ちゃんよくがんばった」

大変な難産だったらしい。陣痛促進剤を使っても十四時間出てこない。妻が、これ以上無理だから、帝王切開にしてほしいと医者に頼んだそうだ。

「一緒にいてやってよかった」とあとで話していた。

「だって樹里も仙君も初めてだから判断できないでしょう。樹里はなんとか自然分娩で産もうと痛みに耐えてがんばったんだけど、私はもう持たないと思ったの。ずっと一緒にいたこっちも、へとへとだったわ」

三千三百グラム余りの元気な子だった。千と名づけた。「ぜん」と読む。禅や善の意味もある和風の名前だ。

「和歌山に電話しておいてね」

すぐに電話したら、義母はもう畑に出ていた。弟の奥さんが出た。

「おばあちゃんもきっと喜ぶわ」

生まれた翌日、樹里と千(ぜん)ちゃんと直美がいた病室に記念写真屋がやってきた。千ちゃんをまん中にして直美と樹里が顔を寄せあっているその写真は、その後ずっとリビングの壁に飾ってある。

最後の幸せな日々

それから二カ月足らずのオーストラリアでの生活が、直美にとっては最後の一番幸せな日々だっただろう。

帝王切開でもオーストラリアの病院は容赦してくれないらしく、樹里は出産して三日後に退院した。まだ体力が回復しない樹里に代わって、妻は千ちゃんをあやし、オムツを替え、三十年ぶりにもう一度、懐かしい子育ての日々を過ごした。

樹里や奈奈を育てていたころは、妻はまだ二十代だった。住んでいたのは、彼女にとっては何の縁もない岐阜や名古屋だった。そこでのアパートや社員寮での暮らしである。夫は夜遅くまで帰ってこない。友だちはできたが、細かなことをいちいち相談するわけにもいかなかっただろう。不安な子育てだったに違いない。

しかし今回は、二人の子どもを育てたベテランの母親として樹里についてやっている。授乳は樹里にしかできないから、補佐するだけではあるけど、余裕を持って赤ちゃんに接していたのだろう。

ゴールドコーストの家で、夫婦の部屋は二階の端の玄関の上にあった。その隣の部屋に直美は寝ていた。二時間おきの授乳で樹里はくたくたになっているから、夜は妻が千ちゃんを自分の部屋に連れてきて、同じベッドで添い寝をした。妻の部屋にも、哺乳瓶やミルク、オムツやウエットティッシュなど赤ちゃんのための一式が置いてあった。

買いものに行けない樹里に代わって近所のスーパーにも出かけた。世話好きの妻は、よくシェアメイトの分まで食事を作って食べさせ、若者たちの母親役も買って出ていたようだ。

直美がいない間、私は鎌倉で店の開拓をした。妻は酒を飲まないので、一緒に行くところはどうしても食事が中心になる。ひとりでいるうちに酒の飲めるところを探しておこうということだ。

しかし平日は翌朝が早いので遅くまでは飲めない。ゆっくりできるのは週末なのだが、どこも観光客でいっぱいだ。評判のよさそうないくつかの店を開店直後に覗いてみたが、すでに満席か、席が空いていても「予約で埋まっています」と断られてばかりだった。

かといって、ひとりで予約してまで行く気にもなれない。そこで見つけたのが立ち飲み屋だ。鎌倉駅周辺に何軒かあって、平日も早い時間から開いているから、会社帰りに寄るのにもちょうどいい。それになんといっても安いのがありがたい。


家では、入り口にあるパーゴラのバラが満開になった。緑の葉を背景に、ピンクの花が重なりあうように咲いている。花壇にこの冬植えたバラも花を咲かせはじめた。一株はピンク、もう一株はオレンジ色の大輪だ。

鎌倉には和風建築が多いから、バラを植えている家はあまりない。もちろんお寺や神社にもない。ただ長谷にある鎌倉文学館の庭には立派なバラ園がある。この季節は見事だろう。

バラ栽培の本によると、植えて一年目はつぼみを取ってしまって、花を咲かせないほうがいいらしい。そのほうが幹が太くなって、いい木になる。しかし、私は直美を喜ばせたかった。すこしはつぼみを取ったけど、ある程度は残して咲かせた。それをスマホで写真に撮って直美に送った。

冬に雪でやられて太い幹が折れてしまったクワズイモのくーちゃんも、新しい幹を伸ばし大きな葉を出した。柚の木も小さな白い花をつけた。萩（はぎ）は日に日に枝を伸ばし、ツワブキは濃い緑の葉を広げている。季節は新緑だ。生物がみな元気になっていくようだ。ウグイスは相変わらずよく鳴いている。それより大きな声でガビチョウが鳴く。ツバメもやってきて家々の間をすいすいと飛んでいる。

日曜日にはスカイプで直美たちと話した。画面に映してくれる千ちゃんは、すやすやと寝ているばかりだ。もちろんそういう時でないと、スカイプなどしていられないだろう。大泣きする時は「怪獣だ」と直美と樹里は言った。樹里はまだ十分動けないし、眠らないとお乳が出ない。だからその分、妻の負担が大きい。しきりに「疲れた」と言う。でも、関節痛が収まっているようなので、何とかやっていけているのだろう。録画予約してある韓流ドラマがちゃんと録（と）れているかどうか、しきりに気にしている。帰ったらまとめて見るつもりなのだが、週に何本も録画してあるドラマを見きれるだろうか。

私は、千ちゃんが生まれるちょっと前に人間ドックを受けた。毎年春に受けているものだ。今年は六十歳になったのを機会に「脳ドックを受けてみたら」と直美に言われ、あんまり気が進まなかったが受けてみた。

ＭＲＩの機械に初めて入った。狭いトンネルに肩をすぼめるようにして入っていく。頭の中でがんがんと音が響くのには驚いた。それに十数分間、体を動かせないのは閉口した。妻はいつもこんなもので検査を受けているのだとわかった。


相変わらず、妻がいないと家の勝手がわからない。そのたびにラインで尋ねた。

「人間ドックの領収書があるけど、医療費の領収書はどこに入れているの」

「領収書入れはテレビ台の下のファイルにあるよ」

「トイレや洗面所のマットの替えは」

「倉庫にある歯ブラシやデンタルフロスを入れてある棚の一番下」

「オリーブオイルとスパゲティの買い置きはあったっけ」

「オリーブオイルはタオルを入れている棚の一番下です。スパゲティはシンクの下の引き出しにある赤い箱。そこになければ、もうない」

「オリーブオイルは見つけた。スパゲティはないから、買っておく」

「ついでに麺つゆも買っておけば。素麺（そうめん）は倉庫にいっぱいあるから」

「そうね。ぼちぼちそんな季節だね」

「夏物の半袖シャツはどこに入っていたっけ」

「タンスの中だよ」

「探したけどない」

「ハンガーには」

「ない。あ、この間自分で出して、別の棚に置いたんだ」

「今朝、顔を洗おうとしたら洗面台に大きなゴキブリがいた。ごきぶりホイホイの買い置きは」

「私の部屋のベッドの左にある、小さな引き出しの中にあるよ」

「蚊取り線香を入れる鉄の入れ物はどこに入っている？」

「一階の倉庫のキャビネットの上か、トイレットペーパーの横あたりを探してみて。それでなければ二階の仏壇の下の物入れかも」

万事そんな調子だった。妻がいなくても、たいていのことはできるつもりだが、ちょっとしたことで生活に支障が出る。そしてそのちょっとしたことで一日がうまく回らなくなってしまう。


六月に入ると庭のアジサイが咲きはじめた。花が咲くまでわからなかったが、ガクアジサイだった。普通のアジサイより地味だが、これはこれで味わいがある。

ふだんは乗り降りの少ない北鎌倉の駅に、この季節は大勢の観光客が降りる。明月院のアジサイを見るためだ。もとは関東十刹の第一位禅興寺という大きな寺だったが、明治時代に廃寺になり明月院だけが残ったという。境内いっぱいに咲いている明月院ブルーと呼ばれる青いアジサイは確かに見事だ。だけど、あの人混みを想像するとあえてこの季節に行かなくてもと思う。

長谷寺にも極楽寺の成就院にもアジサイは多いが、やはり人も多いだろう。ほかにも扇ガ谷から化粧坂に続く道など道ばたにもあちこちにアジサイはある。坂ノ下にある御霊神社の裏にも一面にアジサイが植わっている。その気になれば、どこででも楽しめる。

来年はふたりで

オーストラリアは冬に向かっていた。樹里たちが住むゴールドコーストは、真冬でも東京の晩秋ぐらいの気温だが、それでも寒い。

直美は相変わらず千ちゃんと格闘していたが、夜泣きの回数はだんだん減ってきたらしい。しかし問題が出てきた。妻が日本から持っていったり、送ったりしたオムツが足らなくなってきたという。

「日本から持ってきたオムツがもうなくなりそうです。とうさんが持ってくるまで持たないかも」

私が六月末に持っていくオムツはすでに直美が、ほかのものと一緒に段ボールに詰めてあった。

「なんかで送ろうか」

「とうさんが持ってくるのはSサイズだけだったかも。段ボールを開けてみて」

「新生児用が二パック、Sが二パックある。EMSとかで送れるかな」

EMS（国際スピード郵便）は航空便だから数日で着くはずだ。

「でも高いかも」

「ネットで調べてみる」

「重さをちゃんと量ってね。段ボールごと」

「二階の倉庫にちょうど手頃な段ボールがあった」

「日本製のオムツはやっぱりすごい。うんちが漏れないから楽ちんだよ。夜寒いから、漏れると下着を替えるのがかわいそうなの。風邪を引かさないように気をつけているから。いまこっちでは風邪が流行（はや）っているんだよね」

庭ではノウゼンカズラのオレンジ色の花が咲きはじめた。この時期のノウゼンカズラの伸びる力はすごい。駐車場の脇から家の柱を這い上がって、屋根まで達しようとしている。屋根に絡みつくと面倒なので、蔓をよけたり切ったりした。

黄色い大輪のバラも咲いた。ノウゼンカズラとバラの写真を直美に送った。

鶴岡八幡宮では六月中旬に蛍祭りがある。三の鳥居から入って舞殿のあたりを右に曲がり、奥のほうに行ったところに柳原神池という小さな池がある。ここに養殖した蛍を神職が放つ。それを蛍放生祭といい、その後一週間ほどは蛍を見ることができる。

日が暮れてしばらくしてから行ってみると、舞殿を大きく囲むように行列ができていた。列はすこしずつ進み、三十分ほどで池の手前まで来た。あたりはまっ暗だ。

「スマホや携帯は電源を切るか、バッグに入れてください。明かりがあると蛍が光らなくなってしまいます」

警備員が呼びかけている。

「あ、いる。いる」

子どもが叫んでいる。蛍の一部は池の手前にある建物の軒下まで来て、ちらほらと飛んでいる。二十人ほどを一区切りにして、池を渡る小橋に通される。

「わあ、あんなにいっぱい」

「すごい、すごい」

客が口々に話している。漆黒の闇の中を何百という小さな光が、入り乱れて舞っている。なかには人の手元にまで飛んでくるものもいる。

　来年は直美とふたりで来られるだろうか、と思った。


　六月中に、頼まれていたアジアについての講演を一つすませ、十九日に沖縄である県民大会を見にいった。日本の若い女性が米兵に強姦されて殺された事件への抗議集会だ。沖縄には何かの機会を捉えて年に一度は行っている。

　それが終わってから、いよいよオーストラリア行きの準備にかかった。六月末から二週間の夏休みを取ってゴールドコーストに行き、直美と一緒に帰ってくる予定になっていた。

　妻からは、いろいろ買ってくるものの注文が来ていた。樹里たちの家はずいぶんアリが出るらしい。向こうには適当なアリ退治用品がないらしく、「アリの巣コロリ」を買ってこいと言う。日本の食品や出汁も買い揃えた。

　樹里の家で使うスリッパをユニクロで買い、鎌倉駅前にある「おかしのまちおか」で仙君や樹里が好きそうな駄菓子を大量に買い込んだ。

　傷んでしまったパスポート入れも新しいのを買って、久しぶりのオーストラリア行きの用意が整った。

第五章　夏

早めに帰国したい

論説の昼の会議に出ている間に、直美から電話があったらしい。ラインに不在着信の表示があり、メールも来ていた。

「かあさん最近おなかが痛いから帰りを早めにしたいんだけど、いま七月三日が空いているみたいよ。たぶん釣りもできないから一週間あればいいでしょう」

二週間ほど滞在して直美と一緒に八日に帰国するつもりだったが、それを早めたいという。

それにしても、おなかが痛いとはどういうことだろう。がんと関係があるのだろうか。

論説の部屋から廊下に出て、電話を入れた。下腹の右横あたりが痛むという。日によって痛み方は違うらしい。二月の検査結果ではがんの再発はなかったのだから、そんなにすぐに影響が出るだろうか。がんと関係がないとすれば、盲腸かなにかだろうか。どちらにしても早めに日本に帰って病院に行ったほうがいいには違いない。

私のゴールドコーストでの楽しみの一つは釣りだった。いつも樹里の友人のボートに乗せてもらっていた。内湾やほんのすこし外海に出たところでルアーを投げるのだが、日本では想像できないほど魚影が濃い。カンパチやギンガメアジ、マゴチなどの大きいのが釣れる。だが今回はそんなことをしている余裕はないかもしれない。

出発は日曜日の夜だった。大きな荷物はＪＡＬの宅配サービスで成田空港まで送ってある。手荷物だけ持って、直美が出かけた時と同じように大船からの成田エクスプレスに乗り込んだ。

ゴールドコーストに直行便があるジェットスターは、格安航空会社なので新設の第三ターミナルから発着する。成田エクスプレスは第二ターミナルまでしか行かないから、第二ターミナルの出発ロビーで、先に送った荷物を受け取って、第三ターミナルまで五百メートルほどゴロゴロとカートを押していく。

格安航空会社専用のターミナルは、プレハブのような簡素な造りだ。そこの売店でさらに頼まれたお土産のお菓子を買い込む。カフェテリア方式の広い食堂でビールを飲んで飛行機に乗り込んだ。オーストラリアまでは十時間近く。アルコールに身を任せて眠る。

　翌朝の空港には樹里と仙君が迎えに来ていた。空港には、冬とはいえ半袖短パンの人もいる。サンダル履きの人も多い。ここは温暖なリゾート地だし、肩肘（かたひじ）張らないのがオージーの流儀なのだろう。

　樹里たちが住むゴールドコーストのマイアミ地区までは車で二十分ほど。ハイウェイの右に海が見え、左には広々とした住宅街が広がる。時に低い山を越えてまた次の海岸に出る。道路脇には「カンガルーに注意」の標識がある。渋滞とは無縁だ。サーフィンの世界大会が開かれるバーレイヘッズの岬を過ぎれば、あとわずかな距離である。

　樹里たちの家は表通りからすこし入った住宅街の一角にあった。結婚してからもう二回引っ越していて、私がこの家に来るのは初めてだった。二階建ての家が、左右対称の二軒に分かれている。日本式に言えば二軒長屋だ。歩道に向いた正面のまん中に大きな木があり、その両脇に二軒のそれぞれの入り口がある。向かって右側が樹里たちの家だ。

　駐車場の横を通って玄関に行くと、ドアの脇にベランダがある。北向きで暖かそうだ。ここは南半球だから北のほうが日当たりがいい。

家に入るとすぐにリビングだ。直美が千ちゃんを抱いて奥から出てきた。

「はい、千ちゃんですよ」

「元気そうだねえ」

「いまは機嫌がいいの。でも夜中は大変よ。樹里は怪獣って言ってる」

腕の中の千ちゃんはぽかんと口を丸く開けている。産まれた時の写真に比べれば、ずいぶん赤ちゃんらしくなった。

スーツケースからお土産のお菓子や食材を出すと、樹里が歓声を上げた。

家の裏は広い公園になっている。裏庭の続きのようだ。朝は近所の人たちが犬の散歩に来る。裏のベランダの手すりにパンくずを置いておくと、小鳥たちがやってくる。

公園に面した一階の一番奥が私の部屋になった。ふだんは留学生に貸しているが、この時期だけ開けてくれていた。隣はシャワー室と洗濯部屋だ。夫婦の部屋は玄関側のリビングの上の二階で、専用バスルームつきの広い部屋。直美はその隣だ。ほかに二階に女性が一人、駐車場脇の離れに若い男子学生が住んでいる。

樹里たちの寝室にあるバスルームで、千ちゃんは赤ちゃん用のお風呂に入る。樹里たちの部屋はもちろん、妻の部屋にもおしめや哺乳瓶など育児用品がひと通り置いてある。夜は妻が自分のベッドに千ちゃんを連れてきて添い寝している。

「おなかの具合はどうなの」

「今日はまし。日によって違うの」

「温めるとどう」

「多少いいかな。でもあんまり変わらないかも」

直美も、がんの影響かどうか判断しかねているようだ。見かけは変わらないし、関節痛のために飲んでいるロキソニンがおなかにもある程度効いているのだろう。

ただその夜の食事の時に驚いた。樹里がみんなにごはんの量を聞いた。

私は「普通」。

妻は「三口」と言った。お茶碗代わりの小さな皿にほんのすこしのごはんが盛られた。

「そんだけしか食べないの」

「最近あまり食べられない」

そういえば、すこしやせたかもしれない。もともと食の細い人で、胃腸も弱く、若いころはやせていた。しかし最近はわりあいよく食べるようになっていたのに。

翌日、直美が裏の公園を散歩しようと言った。広い公園を囲むように住宅が並んでいる。ほとんどが二階建てで、どの家もお尻を公園に向けて立っている。つまりこの公園は周囲の住宅共用の庭になっている。国土の広い国はぜいたくなものだ。樹里の家のように一軒を二つに分けた住宅も多い。だいたいそういう住宅は借家で、大家としては建てるのが安上がりなのだろう。日本式なら二軒長屋とはいえ、その大きさは長屋のイメージではない。それでも樹里たちが住めるぐらいだから決して高級というわけでもない。

公園には日本では見られないような、いろんな木が植わっている。それを一つ一つ見ながら、「これは松に似ている」

「巨大なマツカサみたいなものが落ちている」

「パイナップルみたいな実がなっている」

「沖縄にも似た木があるよね」などと話した。

松に似ているのはノーフォークパインと言うらしい。海岸沿いの遊歩道にもずらりと植えられている。

三十分ほどゆっくり歩いた。人はあまりいない。車の音も聞こえず、耳にするのは鳥の声ぐらいだ。家族連れが何組かいて、芝生を子どもたちが走っている。インコの一種なのだろう、原色の小鳥たちが木から木へ飛んでいた。

直美が散歩に出たのはその日だけだった。私は家にいてもすることがないので、毎日、山のほうや海岸沿いの道や、あちこちを歩き回って過ごした。

直美は千ちゃんのことを「じぇんじぇん」と呼んでいた。じぇんじぇんと一緒にいれば、それで幸せそうだった。

「子猿列車が通ります。運転手はじぇんじぇん。車掌はグランマ。お客はいません」

そう言いながら、千ちゃんを抱いてあやしながらリビングや廊下を歩いた。

千ちゃんが眠そうにすると、

「千ちゃん眠くてぐらぐらするよ。頭もお目々もぐるぐるするよ」

と歌うように声をかけた。

一週間はあっという間に過ぎた。帰りの便は朝の出発だ。樹里たちは三人で、車で空港まで送ってくれた。

大きな買いもの

帰国してからは、またふだんの生活に戻った。直美は依然として腹痛を訴えていたが、ロキソニンで抑えていた。

相変わらず、朝早くからウグイスが鳴いていた。ところが夕方になると今度はヒグラシが鳴きはじめる。「カナカナカナ」という声は秋を思わせるが、鎌倉ではほかのセミよりも早く、七月から鳴きはじめるようだ。

朝、十分ほど早めに家を出て鶴岡八幡宮に寄り道すると、源平池の蓮(はす)が満開になっていた。広いほうの源氏池には白やピンクの花が、西側の平家池にはまっ白の花が一面に咲いている。まだ観光客は少なく、写真の愛好家が三脚を立てて撮影していた。

由比ガ浜や材木座海岸はすでに海開きをしていて、休日の若宮大路には駅から南への人波ができる。大学のキャンパスが引っ越してきたような若者たちのグループが、三々五々海辺をめざして歩いている。

まぶしい空を見上げると、南から北へ、低い空を薄い雲が流れていく。きっと地上百メートルぐらいの本当に低いところなのだろう。雲というより水蒸気そのものだ。海風が吹いているのだった。

帰国から数日後、直美と待ち合わせて新宿の伊勢丹に行った。千ちゃんのお食い初め用の食器を買うためだった。樹里が「木でできたのがいい」と言うので、伊勢丹ならあるだろうとやってきた。お中元を頼むついでもあった。子ども用品の売り場で無垢(むく)の木製の食器セットを見つけた。大小の皿とお椀やスプーン、フォークが揃っている。軽く、手に優しく、これなら樹里も喜ぶだろう。

お中元の手配をしたあと、同じ階であるものを見つけてしまった。

福岡の民芸家具会社が作っている八角形のテーブルだ。テーブルの中央に炉が切ってあって、炭で調理ができる。小型の炉端焼きテーブルだ。揃いの椅子が四脚ついていて、どれも磨き上げられた桜材が深い輝きを放っている。

何年か前に二子玉川の髙島屋で同じものを見たことがあった。その時も欲しくなったが、当時住んでいたマンションにはとても置く場所がなかった。いまの家なら置けそうだ。

妻は私の目が釘づけになっているのにすぐ気がついた。

「欲しいんでしょう」

「ちょっと見ていい？」

家具会社の社長が直々（じきじき）に売り場に立っていた。聞けば、今日が一週間の宣伝販売の最終日だと言う。以前、二子玉川で見たことを話すと、「それは何かのご縁に違いない。お安くしておきますから、ぜひ」

そう言われて、テーブルの前に座ってしまうと、もう断る理由はなかった。

「思いのほか大きな買いものをしちゃったね」と、直美が言う。しかし、彼女もまんざらでもなさそうだ。注文生産なので届くのは三カ月ほど先だ。

「こんな大きな買いものも、もう最後かもしれないな。でもあのテーブルと薪（まき）ストーブがあれば、冬が楽しくなるよ」
伊勢丹会館の「あえん」に久しぶりに入って昼を食べた。あとから思えば、これが妻が都内まで出かけた最後となった。

直美は北里大学病院に電話をしてS医師の診察の予約をした。数日後、診察日を知らせる電話がなぜか私のところに来た。

妻は普通に毎日、買いものに行き、料理や掃除や洗濯をした。遊びに来た友人と日和でランチを食べたりもした。ただロキソニンは欠かせなかった。関節痛用のロキソニンは、いまではおなかの痛み用になっていた。赤外線でおなかを温める器具も毎日使った。すこしは楽になるようだった。

家にはまだ足りないものもあった。一緒に買いものに行った時に、雑貨屋で玄関マットを見つけて買った。すだれを買って、西日が入る裏の川に面した窓に私が自分でつけた。

北里大学病院の診察には直美はひとりで行った。

S医師は、「腹水はたまっていないようですが、炎症の数値が高い。転移したのが悪化しているのかもしれない。CTの結果を見て今後の治療を考えましょう」と言ったという。

二週間後にＣＴ検査を受けることになった。

やっぱりそういうことか。二月の検査結果では何もなかったからまだ大丈夫だろうと思っていたが、意外に早くことは進んでしまったようだ。

転移したがんはどの程度進んでいるのだろう。もう手術はできないかもしれない。妻が寝込むようなことになれば、なるべく家で看(み)てやろう。そのためには会社は辞めることになるかもしれない。もう定年を過ぎて退職金ももらっているのだから、いつ辞めてもかまわない。あとは妻のことを第一に考えよう。いろんなことが頭を巡(めぐ)った。

それでも相変わらず週末は一緒に鎌倉の街を歩いた。土曜日に駅の近くの生涯学習センターの前で、東北物産展が開かれていた。以前にも何度か遭遇したことがあった。そのたびに直美は、「被災地支援になるんだから何か買おう」と言った。

この時も果物やジャムなどを買った。

並んで歩くと、いつも左側にいる妻の肩が、前よりすこし細くなったような気がした。

暑い日が続いた。直美が冷え性なこともあって、冷房はほとんどつけなかった。しかし、二階の天窓を開けてリビングや食堂の窓も開けておけば、自然に空気の循環が起こるようで、木陰のような風が入ってきた。家の裏の滑川には海風が上ってくる。風は川の水で冷やされていくぶんか温度が下がっている。

私は会社からなるべく早く帰るようにした。夕刊の仕事だったことは幸いだった。五時ごろには家に着いて、六時前には一緒にごはんを食べはじめるという生活だった。

「早いわねえ。まだごはんできてないよ」と言いながら、直美はてきぱきと支度をした。

妻は結婚してからずいぶん料理が上手になった。もともと体が丈夫でないこともあって、素材にもこだわっていた。野菜はなるべく有機のものを、肉や魚はたくさんは買わないものの、国産にこだわった。

ずいぶん前に大きくて重い鉄鍋を買った。それでよくロールキャベツやスペアリブを煮込んだ。秋になるとサンマをたくさん買ってきて有馬煮（具材を醤油や酒で味つけし実山椒を加えた煮物）を作った。それには故郷の和歌山産の蜂蜜漬けの梅干しをふんだんに入れた。

ゴーヤーチャンプルには島豆腐を買ってきて、スパム（米国産ランチョンミートの缶詰）を入れた。豆腐は先に表面をフライパンで焼いてから調理した。八宝菜を作る時は必ずウズラの卵を用意した。酢豚には隠し味にマーマレードを使った。塩は岩塩や沖縄の海の塩など何種類かを用意した。出汁はいつも天然素材のものを使った。

「ひと手間かければおいしくなるのよ」というのが口癖だった。

おなかにもたれると言って、ふだんは牛肉を使わなかったが、肉じゃがの時だけは牛の切り落としを多めに買ってきた。肉を食べるのはほとんど私で、妻はジャガイモとタマネギと糸こんにゃくばかり食べた。

餃子（ギョーザ）も手作りした。いつも焼くのだけは私の仕事だった。フライパンに餃子を丸く並べ、片栗粉を溶いた水を入れてふたをし、蒸し焼きにする。小麦粉より片栗粉のほうがもっちりと仕上がる。水分が飛んでできあがりに近くなると、フライパンからいい匂いが立ち上ってくる。そうするとふたを取り、ごま油を垂らす。香ばしく焼き色がついたはねで丸くつながった餃子ができあがる。

市販の餃子の皮は三十数枚入っているから、ふたりで食べるのは半分で十分だ。いつも残り半分は生のまま冷凍庫に入った。

「今日はあるもんで作る」と手抜き宣言をする時もあった。そんな時はたいていアジの干物かサケの切り身だ。だが副菜に、ほうれん草としいたけの柚酢（ゆずす）お浸しや、アサリとネギのぬた、ほうれん草の白和（しらあ）えなど、必ず何品かはついた。野菜のピクルスなど常備菜も必ず何種類か冷蔵庫にあった。

ぬか漬けも手作りした。春に逗子に行った時に駅前の調理器具の店が閉店セールをしていた。そこで大きめのホーローの器を見つけて買った。それまでぬか漬けに使っていた容器が小さくて不満だったからだ。だが新しい容器は結局一度も使われないまま、台所の棚の奥に眠っている。

暑い日には、帰ったらすぐに入れるようにと、風呂の湯を早めに入れてくれたりもした。私はときどき妻の好きな小豆入りのアイスを買って帰った。

病院での次の検査はずっと気に掛かっていた。しかし、一方でいつもと変わらぬそういう生活がまだ続くようにも思っていた。


直美の楽しみは樹里から送られてくる千ちゃんの動画だった。それは毎日のようにラインで送られてきて、直美のスマホからまた私のスマホに転送された。

指をしゃぶりながら眠っている。自分で哺乳瓶が持てるようになった。すこしずつ成長しているのがわかる。直美はラインやスカイプで、直接画像を見ながら樹里と話すこともあった。三十分でも一時間でも話し続けていた。

辻堂のテラスモール湘南に入っているアカチャンホンポにふたりで行って、千ちゃんが着られそうな服を大量に買った。それをダイニングのテーブルに並べて写真を撮って、樹里に送った。お食い初め（ぞ）の食器と一緒にオーストラリアに送ってやるつもりだった。

別の日には藤沢に行って、直美のウオーキングシューズを買った。黒にするか茶色にするか迷っているので、「両方買えば」と勧めた。

ラインの知らせ

ＣＴ検査の日が来た。その日は検査だけだろうからと、直美はひとりで行った。私は午後から時間があったので、有明(ありあけ)の日本科学未来館で展覧会を見て、帰ろうとするところだった。直美からラインが来た。

「まだ病院なんだけど、先生が話があるから八月九日に一緒に来てくださいって。会社休める？」

「言っておけば休めるよ」

「がんの転移がひどいみたい」

「帰るのは何時ごろになりそう？」

「いま病院の前でバスを待っている」

「こっちはこれから新橋駅だから鎌倉駅着が五時十分ごろかな」

「ＯＫ。何食べる？」

「かあちゃんの食べられるものでいい。うどんか銀座アスター？」

「今日余命を聞いたよ」

次の言葉が来る前にラインを返した。

「医者は短めに言うもんだよ」

余命の話はそこで終わった。鎌倉駅西口で待ちあわせをして、すぐそばにある銀座アスターに入った。

私は簡単なコースとビールを頼み、直美はいつものアスター麵を頼んだ。

「八月九日は一緒に行ける?」

「もちろん一緒に行くよ。原稿さえ出しておけば会社を休まなくてもいいし」

「そうね」

いつもの銀座アスターで、直美の様子もふだんとそう変わらない。しかし、話の内容は尋常ではなかった。

「余命宣告もひとりで聞いちゃったよ」

「今日そこまでの話になるとは思わなかったな」

「私もそう」

「それでどうだって」

「早ければ年内なんだって」

そう言いながら、直美は味噌味のアスター麵をすすった。

こんな話をしながら麵を食べ、ビールを飲んでいる。不思議な気分だった。鼓動がすこし速くなったような気がした。

「年内って半年もないってことか。でも早ければ、だからね。治療によってきっと変わってくるよ」

言葉のつなぎようがなく、そう言うのが精いっぱいだった。

「あんまり時間がないな。することを整理しなくちゃ。和歌山も一度行きたいんだけど、どうしよう。おばあちゃんにも何年も会ってないし」

「早めに行ってくれば。行ける時に行ったほうがいい。九日の前に行ってきたら」

「そうね。どうしようかな」

またも「大事な時にあなたはいない」事態だった。二月の検査の時は何の異常もなかったのに、この半年ほどでがんが一気に広がったということか。子宮体がんの手術をした時に、がん自体はそんなに大きくなく子宮の中に収まっていた。普通ならそのがんを子宮ごと取ってしまえば、問題がなくなる程度のものだった。

だが、直美の場合は腹水にがん細胞が見つかり、大網（だいもう）にもやはり細胞レベルの転移があった。そんながん細胞が、結局死なずに活動をして急速に増えていったということなのだろうか。

「とうさんの面倒を見てくれる人がいるわね。再婚してもいいよ」

「そんなのしないよ、いまさら。そんな人いないし、遺産のこととかも面倒だし」

「樹里たちが一緒に住んでくれればいいのにね」

「あいつらにはあいつらの計画があるだろう。家も二世帯で住むには狭いよ」

「何でもひとりでできる？」

「これまでもかあちゃんのいない時はひとりでやってきたさ」

「これからいろんなことを教えておくから、ちゃんと覚えといてよ」

妻はその後、家の中の物の置き場所や簡単な料理を教えてくれた。ただ実際には時間が足りなかった。直接台所で教えてくれたのは、鳥のつくね鍋ぐらいだった。その代わり、レシピのノートを残してくれた。私はときどき、それを見ながら料理をしている。


その夜、直美は娘二人に電話をして、がんの再発と余命があまりないことを伝えた。

翌日、和歌山の弟と、親しい友人六人に電話をした。

友人には「もう会えない」と言ったらしい。

友人たちが「鎌倉の家に行きたい」と言うと、「これからいろいろやることがあるから、もう来ないで」と言ったという。

「こっちは冷静に話しているのに、向こうがみんな泣くのよね。それですっかり疲れちゃった」と話した。

和歌山の弟には、「おばあちゃんにはまだ言わないで」と言ったという。

年寄りにショックを与えたくないし、自分が和歌山に行った時に話すつもりだった。

ところが翌朝、和歌山のおばあちゃんから電話があった。おばあちゃんも妻と一緒で霊感が働く。電話を取った彼女は、とりあえずいつも通りに振る舞っていた。

樹里からは、秋に帰る予定を早めて九月の初めに帰ることにした、と言ってきた。千ちゃんのお食い初めも日本に帰ってからするという。お食い初め用の食器などは、オーストラリアに送らないことになった。


樹里は直美に本格的な食事療法をするつもりだ。ゲルソン療法といってドイツの医師が開発したという。食物の栄養素をバランスよく摂（と）ることで、体の免疫機能を高め、自然治癒力（ちゆりょく）を高めようという療法だ。

塩分を極力摂らず、レモン、酢、ニンニク、ハーブ、蜂蜜などで味つけをする。動物性たんぱく質を控える。野菜は有機のものをなるべく生で食べる。パンはオーガニックの全粒粉（ぜんりゅうふん）にする。それに大量のニンジンジュースを飲むのが特徴だ。

樹里からは有機野菜を注文しろとか、野菜や果物をゆっくり搾るスロージューサーを買えと言ってきた。樹里がネットで注文した段ボール箱いっぱいの有機ニンジンも届いた。

直美とは毎日ラインのテレビ電話で話していた。千ちゃんの様子を見るのが、とにかく妻の一番の楽しみで、生きる希望なのだった。

久しぶりの江ノ電

八月の初め、妻は田辺市龍神村の実家に五日間帰った。いつもはもっとゆっくり帰るのだが、今回はおばあちゃんにいろんな事情を話さないといけないから、気が重いのかもしれない。

龍神村は夏でも寒かったという。それに卵にあたって、最後の二日ほどはずっと布団の中にいたらしい。

「あの座敷で寝ていた人はみんななんかのトラブルに遭うのよ」

妻が寝ていたのは、自分が以前そう言っていた座敷だった。

龍神村から帰る前日、妻からラインが来た。

「すみませんが、明日、羽田空港まで迎えに来てください。ＪＡＬ２１４便１３２０着です。おなか痛いのがだんだん長くなっているので大変です」

翌日、羽田の到着ロビーに現れた直美はすこしやせたような気がした。
下痢が続いたが、絶食をすると二、三日後にはすこしずつ食べられるようになった。

そして九日になった。午後からふたりで北里大学病院に行った。一時半に着いて、乾癬（かんせん）を診（み）てもらうために皮膚科で二時間待った。婦人科でS医師と話ができたのは四時半だった。

CT検査の詳しい結果を聞いた。右の脇腹が痛いのはがんが進行して尿管が詰まっているせいだという。

尿管に管を入れて尿が通るようにする治療もあると言われたが、「片方の膵臓（すいぞう）が生きているなら無理なことはしない」と断った。

がんはさらに骨盤内のリンパ節や腹膜、肺にも転移していた。

化学療法はもともと希望していないが、黄体（おうたい）ホルモン療法が効果がある可能性があると勧めてくれた。手術の時に採った検体を調べて、効果があるかどうかをあとからはがきで知らせてくれるという。

「それ以外は基本的には緩和（かんわ）ケアということになります」とS医師は言った。

もう治（なお）らない、と宣告されたようなものだ。

痛みを緩和するための薬を三種類処方してくれた。

基本はトラムセットという薬を一日四回、一、二錠ずつ飲む。それでも痛い時はセレコックスという薬を一日二回飲む。作用はロキソニンに似ているが、ロキソニンより胃に優しいという。それでもだめな時はオキノームを飲む。これは一種の麻薬だそうだ。

近い病院に移ったほうがいい、と大船にある湘南鎌倉総合病院に紹介状を書いてくれるという。

「これから一番気をつけたほうがいい症状は何ですか」と妻が聞いた。

「腸閉塞(ちょうへいそく)ですね。便やガスが出なくなったり、吐き気がしたら気をつけてください」

「どうもこれまでお世話になり、ありがとうございました」

直美は深々とお辞儀をした。


帰りに藤沢で小田急百貨店に寄った。店頭でカヌレを売っていた。

「たまには甘いものを食べてもいいわよね」

「ああいいよ」

四個買った。いつもは藤沢でＪＲに乗り換えるが、この日は直美が、「久しぶりに江ノ電に乗ってみよう」と言った。

すこし時間は余計にかかるが、四両編成のレトロな電車でとことこと海を見ながら帰るのもいい。

「急ぐ旅でもなし」というのが、こういう時のふたりの合言葉のようなものだった。

駅のホームは混んでいなかったが、空気には昼間の熱気が残っていた。先頭の客車で海の見える左側の席に座った。

電車は、暮れはじめた藤沢の街を通り抜けていく。鵠沼(くげぬま)の駅に着いた。

「鵠沼の鵠の字一文字でなんて読むか覚えている?」

直美が聞く。

「くぐいだよ。白鳥のことだ」

「やっと覚えたわね」

「そう、これで三度目かな。ここを通るたびに言ってるもんね」

江ノ島駅でどっと人が乗ってくる。腰越(こしごえ)で市街地の一般道のまん中を、市電のように走り抜けると、ようやく海が見えてくる。日はまだ西の空にあって、サーファーが海の上で影になっている。

鎌倉高校前から七里ケ浜(しちりがはま)にさしかかるころ、電車の後ろの方向に富士山がうっすらと見えた。その左手には山頂に蠟燭(ろうそく)のような塔を載せた江の島が見える。ふたりで何も言わずに見つめた。

鎌倉駅で降りてまた銀座アスターに寄った。直美は食欲があまりないからと、いつものアスター麵はやめて水餃子を頼んだ。私は焼きそばとビールを頼んだが、直美の水餃子も半分以上、私が食べることになった。

裏路地を選んで家まで帰りながら、こうして並んで歩くことは、あとどれだけあるのだろうか、そんな思いが何度も何度も心に浮かんだ。

新たに処方してもらった鎮痛剤の副作用か、直美は昼間も眠気が出るようになった。昼食後の昼寝の時間が前より長くなった。それでも朝は五時半ごろに起きて食事を作り、買いものにも出かけ、夕食もいつも通りに支度をしてくれた。

二、三日して、痛みがそれほどでもないので、元のロキソニンにしてみた。そうすると気分が戻ったようだった。

「スイカが食べたい」と言うので、早めに帰って、岐れ路(わかれみち)の手前の八百義まで買いにいった。横浜国大付属小中学校の手前の曲がり角に、いつの間にか新しいケーキ屋ができていた。直美が元気な時なら、喜んで買いにくるのにと思った。

八百義で大きな尾花沢スイカを半分に切ってもらった。去年はさんざん食べたのだが、今年は初めての尾花沢スイカだった。夜、直美と一緒に、昨日買ってあったお盆の飾りつけをした。仏壇の天井にホオズキをぶら下げ、わらで作った馬やら牛やらを、仏壇の前に広げた蓮の葉の上に並べる。

「仏壇のここのところ、とうさんが蠟燭で焦がしちゃったのよね」

去年と同じことを言った。

お盆には奈奈が帰ってきて泊まっていった。樹里がネットで頼んだケールの種が届いたので、大きめのプランターにまいた。妻は、来月樹里たちが帰ってきたら飲むだろうと、いつも頼む宮崎の会社にグアバやマンゴー、パッションフルーツの果汁を注文した。

私は北里大学病院に、湘南鎌倉総合病院への紹介状を取りにいった。これから妻は自宅中心に生活をすることになる。たまに通うのは大船の湘南鎌倉総合病院だ。だんだんとその態勢を整えねばならない。

日課のマッサージ

八月の後半は台風が次々にやってきた。関東地方を直撃する予報だと、私は会社に出ずに家で仕事をした。台風が通り過ぎるたびに暑い日差しが戻った。

直美は調子のいい日は買いものに出たが、おなかが痛いと言って、家から出ない日のほうが多くなっていった。

日曜日に、小町大路にある蛭子神社のお祭りがあった。賑やかな祭り囃子と威勢のいい掛け声が聞こえてきて、神輿が東勝寺橋を渡ってくるのがわかった。妻は珍しく調子がよくて、ふたりで神輿を見にいった。そのまま若宮大路に出た。

鎌倉彫会館に差しかかると、「そういえばここに入ったことないね」と妻が言った。

中のカフェでランチの精進料理を食べた。食器はすべて鎌倉彫だった。売店に鎌倉彫教室のパンフレットが置いてあった。

妻が手にとって、「とうさんも仕事を辞めたら、こんなことをしてみるのもいいわよ」と言った。

直美が歩いて外出したのは、それが最後となった。

オーストラリアにいる樹里からは、食事療法の指令が来る。野菜や果物をゆっくりとすりつぶすスロージューサーで、ニンジンジュースを大量に作れという。樹里はそれを「毎日一リットルぐらい飲め」と言う。ゲルソン療法の基本なのだ。

そのジュース作りが私の日課になった。ニンジン五、六本とリンゴ一個、レモン半個を、どれも大ぶりに切ってスロージューサーに入れる。ジューサーはらせん状の歯をぐるぐる回しながら材料をすりつぶしていく。ジュースが下の口から出て、もう一方の口からは大量の搾りかすが出る。それで七〇〇から八〇〇CCのジュースができる。

冷蔵庫に入れておいて、毎食飲むのだが、妻が飲めるのはせいぜい五〇〇CCだ。残りは私が飲む。何も味はつけないがニンジン自体の甘さとリンゴの甘さ、レモンの酸味が合わさって、なかなかおいしい。

おなかの痛みが続く一方、リウマチの症状もひどくなってきた。直美の右腕はもう水平までも上がらなくなっている。私は会社から帰ってくると毎日、マッサージをすることにした。ソファに腰掛けた妻の後ろに回って、肩をゆっくりマッサージする。右肩の上のほうが硬く固まっているのがわかる。それから背中全体もゆっくりとなぜる。そうすることに効果があるかどうかはわからない。しかし、手当てというぐらいで、人の手は何かを癒やすことができるのではないか。そう信じてのことだ。

リビングのソファでそうやってマッサージをしていると、ダイニングの掃き出し窓の向こうで、白いハトの一群が低い山の手前を、円を描くように舞っているのが見える。鶴岡八幡宮のハトだ。

「うちの山ちゃんにも餌をやって」と直美が言う。

山ちゃんはいつも庭の餌場に二羽で来るキジバト、つまり山鳩のことだ。いつも朝に餌をやっていたが、このところは夕方にもやるようになった。

山桜の木の枝に置いた餌用の皿と、その根元の土の上にも小鳥用のむき餌をまいてやる。しばらくすると地面にキジバトが二羽やってきて、一心不乱に餌をついばむ。

皿には十羽ほどのスズメが来た。

「とうさん、よく見て。あのスズメ、太っているでしょう。メタボスズメなの。いつも最後までいるのよ。それから皿の横の枝から逆立ちするようにして食べているのがいるでしょう。あれは逆立ちスズメ。皿の上に降りればいいのにねえ。ああしてアクロバットしているの」

北里大学病院からはがきが届いた。「三〇%の部分的陽性なので、黄体ホルモン療法を考慮してもいい」という内容だった。

近々、大船の湘南鎌倉総合病院に行くことになるだろう。その時に相談してみようと思った。

第六章　晩夏　その一

これまでになかったことが

八月の末になって、直美の調子はさらに悪くなった。鎮痛剤のトラムセットが次第に効かなくなってきた。朝のうちはまだよくて、朝食もふだん通り食べていたし、掃除や洗濯もなんとか片づけていた。しかし、午後になるとだんだん動けなくなる。ソファに寝転がったまま、せいぜい韓流ドラマを見ているだけという日が多くなった。

その日の朝、直美は極楽寺のｂｅｂｅ（べべ）に角食パンを注文した。ここの角食パンは人気があって、朝のうちに注文しておかないと手に入らない。昼ごろラインで「ｂｅｂｅのパンと、東急で鶏挽肉三〇〇グラムを買ってきてください」と伝えてきた。

鶏の挽肉でつくねを作って鍋にするつもりだったのだろう。ところが、帰る途中でラインをすると「かあさん体調悪いから、自分用のおかず買ってきてください。鶏挽肉はもう大丈夫です」と返ってきた。

出来合いのおかずを買ってこいなんて言うことは、それまでなかったことだ。自分の料理にプライドを持っていて、体調が悪くて自分が食べられなくても、私の食事だけは作るような人だった。

この日、妻は初めて医療用麻薬のオキノームを飲んだのだった。よほど痛みがひどかったのだろう。そしてその副作用で動けなくなってしまった。

鎌倉駅で江ノ電に乗り換えて、極楽寺に行く途中も気が気ではなかった。駅からほんの徒歩一分のｂｅｂｅで食パン二斤を受け取り、速足で駅に戻る。単線の線路を江ノ島方向から来る電車が待ち遠しかった。ユニオンでカキフライとアジの南蛮漬けを買い、家に戻ると、直美はソファでぐったりしていた。いつものように足や背中をさすった。

九月に入った翌朝、原稿を書く前にいつものようにニンジンジュースを七〇〇CCほど作った。朝食時にふたりで一杯ずつ飲んで、あとは直美が一日かけて飲む。この朝は、妻はほかに耳をとったトーストを半分食べた。あとはバナナをすこし食べただけだった。

会社の外で昼食をすませて戻ると、昼すぎにラインが来ていた。「今日は早めに帰ってください。鶏挽肉とバナナとブドウを買ってきてください。薬が強いせいか、ニンジンジュースを吐いてしまいました」

今日もオキノームを飲んだのだろう。吐き気はその副作用に違いない。

「三時二〇分ごろに帰ります」と返事をすると、「ＯＫ」とだけ返事が来た。

いつもはペンギンが両手で丸をつくってＯＫと言っているスタンプを送ってくるのに、今日はただの文字だけだ。スタンプを使う気分にもなれないのだろうか。

帰宅すると、妻はやはりソファに横になっていて、吐き気がきた時のためにポリ袋を入れたゴミ箱をそばに置いていた。

「ニンジンジュースはもう飲めないかもしれない」

「麻薬はやっぱりきついのかも。トラムセットの量をふやしてみたら」

「鶏挽肉買ってきた？　私が言うからその通りに作って」

鶏挽肉は私だけのためだった。挽肉をボールに移して、ショウガや片栗粉、塩、ごま油などを入れて練る。倉庫から小さめの土鍋を出してくる。スプーンを二つ使って出汁（だし）の中につくねを落とし、刻んだ野菜と豆腐を入れる。

「どう、簡単でおいしいでしょ」

直美に背を向けてテーブルで食べている私に、ソファに寝たままの彼女が言った。

「ひとりになっても大丈夫なように、料理を教えておいてあげる」

二週間ほど前にそんなことを言ったが、結局教えてくれたのは、その時に一緒に作った万願寺とうがらしのじゃこ炒めと、このつくね鍋だけだった。


「ねえ、ジャンパルー注文してくれた」

ソファに横になったまま、妻が言った。

「うん、今日アマゾンでジャンパルーとお風呂の椅子を頼んでおいた」

「ジャンパルーに乗った千ちゃんが見たいなあ。かわいいだろうなあ」

「そうだねえ。おもしろがってピョンピョン跳びはねるかもねえ」

ジャンパルーとは赤ちゃんの遊具だ。三本の柱に伸縮性のある帯で円形の遊具がつるされている。遊具のまん中は布で、パンツのように穴が二つあいている。そこに子どもを座らせると、座面から足が出る。ちょうど足が床につくように高さを調整してやると、子どもはトランポリンに乗ったかのように跳びはねることができる。

輪になった部分には動物のおもちゃがずらりと並んでいて、子どもがさわったり動かしたりできる。楽しそうな音楽も流れる。子どもが叩くと音の出るものもある。子どもの目線で見れば三六〇度、遊んでくれるものばかりに囲まれている。

テレビで女優さんが、自分の子どもをこれで遊ばせていると話していた。ネットで調べていると「子どもが狂喜乱舞する」という口コミもあった。「こんなの面白いねえ」と妻と話していたものだ。

その日の夕方、オーストラリアの樹里から妻にラインがあった。

「今日、千ちゃんが初めて声出して笑ったよー！」とある。

樹里の腕に抱かれながら、仙君のゲップを聞いて、小さな口を精いっぱい開けて大爆笑する千ちゃんの動画が、そのあと送られてきた。

直美はソファに寝ころびながら、その動画を何度も何度も見た。そのたびに「なんてかわいいんだろう」と言った。

次の朝、直美の調子はさらに悪くなった。私は会社に出ないことに決めた。原稿を早めに片づけて、「妻の体調不良のため、今日は出社しません」とメールした。

いつものように午前中は、まだ体調はましだった。朝はトーストを半分とブドウやリンゴを食べた。昼には私が冷凍うどんをゆでて、大根やニンジンの細切りを入れた。

「この間のとうさんが作ってくれた素麺はまずかった」

「あれは茹で時間を間違った」

「今日は軟らかめに煮てね」と注文がついた。

「一度にたくさん食べられないの」と、うどんも半分残す。

「あとで桃を剝いてね」

「今年は桃をたくさん食べたい」と言っていた。去年の夏は、まだリフォームが残っていて、大工さんや植木屋さんが入っていた。そのおやつのために、毎日スイカをきらさなかった。岐れ路の手前にある八百義に週に一度はスイカを買いにいった。

去年はスイカだったから、今年は桃だ。八月の初めに和歌山から帰ってから、ほぼ桃はきらしていない。ただ山梨産、福島産といろいろ試したが、これは間違いないという産地にはまだ出合っていない。

午後三時過ぎ、「桃を剝いて」と言う。福島産の大きめのを一個剝いて、一口大に切った。全部は食べられなかった。

樹里からはオートミールを買ってきて、おかゆのようにして食べさせろ、とメールが来た。ＥＰＡ（エイコサペンタエン酸）のサプリも飲ませろと言う。がんの炎症物質で食欲が落ちるのを補ってくれるという。

「炎症物質が筋肉のたんぱく質を使ってしまうから、筋力が低下する。それを補うにはＥＰＡがいいの。医療関係者用のウェブマガジンで、ＥＰＡを一日二〇〇〇ミリグラムとったほうがいいって書いてあったんだけど、そんなに入っている市販のサプリはないと思うから、なるべく含有量の多いのを買ってね」

さっそく駅前のユニオンに行ってオートミールを探した。ずらりと並んでいるのは輸入物の「クエーカー」の缶や箱入りだ。米国産の作物は遺伝子組み換えの種子をまいて、大量の農薬を使って作っている印象がある。加工品も米国製は何となく信用しがたい気がして、隣にある日本製を買った。

近くのドラッグストアでＥＰＡサプリを探した。二〇〇〇ミリなどというのがあるはずもなく、一番多いので三六〇ミリだった。

樹里に報告すると、規定の倍の量を飲ませろと言う。一日四個のところを八個だ。さらにエビオス錠をアマゾンで頼んでおいたから、一回十錠を一日三回、ぼりぼりかじって飲めと言う。

「緩和(かんわ)学会のガイドラインを見ると、かあさんはたぶん悪液質（栄養不足により衰弱した状態）の初期段階だから、早めに対処したほうがいいと思う。筋肉のたんぱく質が失われるのを防ぐのにバリン、ロイシン、イソロイシンをとらないといけないの。エビオスはアミノ酸バランスがいいから」

「でもかあちゃん、そんなに食べられないかも」

樹里は妻の様子を直接見ていない。そばで見ている私とは現状の受け止め方が違っている。普通の食事も喉を通らない、ニンジンジュースも吐いてしまうのに、そんな錠剤ばかり飲めそうにはない。

　このころ樹里が妻のために注文したものが続々届いた。エビオス錠をはじめ、回復食の玄米クリーム、ＥＰＡ高配合のプロシュアドリンクなど。結局、どれにも口をつけることはなかった。

　夜になると薬の効き目が切れるのか、動くのもつらくなるようだった。いつものようにソファで、ゆっくりゆっくり背中や足をさする。

「背中の右のほうが痛いのは腎臓かな。それとも肺かな」と言う。

右の尿道のあたりにがんの転移があって、右側の腎臓が傷んでいる。肺にも転移があることはわかっている。もう満身創痍なのだ。

翌朝もニンジンジュースを作った。直美が口にしたのは、そのジュースだけだった。

「とうさん、悪いけど自分で作って食べて」

私はグラノーラとバナナを食べた。直美はいつも一緒に飲んでいたコーヒーもいらないと言う。

ソファで寝転んでいても、あれほど好きで録りためていた韓流ドラマも見る気がしないと言う。鎮痛剤があまり効いていないのだろう。唯一の慰めが、樹里がスマホに送ってくる千ちゃんの動画だ。

今日は「昨日からやりだしたひとり遊び、カニ泡ぶくぶく」というのを送ってきた。千ちゃんが口に唾で泡を作って遊んでいる。

「むちむちサービスショット」というのはお風呂に入ったあと体を拭いてもらっているところだ。ガーゼのハンカチで遊んでいるところや、昨日と同じく父親のゲップで大笑いしているところも送ってきた。ほかに「みてね」というアプリにも毎日のように写真や動画が上がっている。

「じぇんじぇん、なんてかわいいんだろう」

千ちゃんの動画を見ている時だけは、嬉しそうに笑っている。痛みや苦しさを忘れているようだった。

「ちょっと実験してみる」と言って、私はオートミールにニンジンと大根を細かく刻んで入れて、おかゆのようなものを作ってみた。

直美はにおいを嗅いだだけで「いらない」と言った。結局私の昼食になった。なんとかすこしでも栄養になるものを食べさせたかった。しかし直美が受けつけるのはニンジンジュースと、梨と桃ぐらいだった。

その夜、二階のお互いの部屋でベッドに入ってから、直美が「とうさん」と呼んだ。

「背中をさすってくれない」

私は直美の隣に横になり、ずっと背中をさすり、足で足をはさんで温(あたた)めた。同じベッドで眠るのは何年かぶりだった。

ふたりとも朝まで眠ったり起きたりを繰り返していた。

迷っている場合ではない

翌日は日曜日で、私の仕事はない。朝からニンジンジュースを作った。直美はそれを一杯飲み、私はグラノーラとヨーグルトを食べた。直美はほとんどソファで寝ていた。私は背中をさすったり、足を手で包んで温めたりした。ソファの前にはテレビがあるが、直美はついこの間までのように韓流や中国ドラマを見る元気もなかった。

「おなかが痛いの?」

「うん。おなかも背中も痛い」

「薬が効いていないのかな」

「でも、あの強い薬を飲むと、また吐いちゃうし」

そんな話をしているうちに吐き気がしてきたらしい。

「ゴミ箱をとって」と言う。

そこにせっかく飲んだニンジンジュースを吐いてしまった。

そろそろ家で自分たちだけでやれることには限界が近づいているのかもしれない。訪問診療を頼んだほうがいいのだろうか。今週金曜日に行くつもりにしている湘南鎌倉総合病院には訪問科というセクションがある。そこで相談してみようか、と思った。

北里大学病院は通うのに一時間半ぐらいかかる。自宅から近い総合病院に代わって、定期的に検査などをしてもらい、ふだんは訪問診療で体調管理をしてもらう。それが私たちが考えていた今後の過ごし方だ。

しかし、事態は待ってくれないかもしれない。訪問診療をしてくれる医者を探さないといけないのだろうか。直美が以前薬局で「鎌倉に訪問診療をしてくれる病院はありますか」と聞いたところ、「ドクターゴンという診療所が有名です」と教えてくれたという。そこに当たってみようか。

樹里からは「もしかあさんが食べられそうだったら、送った玄米クリームをすこし薄めて温めて出してあげて。薄いほうじ茶とか、サトイモとかぼちゃを入れたお味噌汁とかもいいよ。水分補給には気をつけてあげてね。果物もいいけど温かいものもいいよ」とラインが来た。

私は「食べられるようになったら、あげてみる」と答えるしかなかった。

昼は梨を剝（む）いてやるとすこし食べた。

「中身は何も入れなくていいから、味噌汁を作って」と言う。直美も何か食べようと努力していた。

顆粒（かりゅう）の出汁をお湯に溶いて味噌を入れ、一椀の味噌汁を作った。

「おいしい」と一口飲んだ。だが、そのあとはソファの前のテーブルに置いたままだった。

そんな時に電話が鳴った。鎌倉駅の西の佐助にある陶器のもやい工藝からだった。

「以前ご注文のあったお皿が四枚揃いましたので」と言う。

「注文したお皿が来たって」

「注文はしてないよ。次に来たら教えてって言っただけ」

ソファの直美はちょっと迷惑そうな顔をした。

「はい、そのうち行きます」とだけ言って電話を切った。

そうか、あの皿のことか。去年の夏、ふたりでもやい工藝に行った時、縁が茶色で中が濃い紺色の大きめの皿を見つけた。ふたりとも気に入って、その時にあった二枚を買った。そして「六枚にしたいから、また入ったら教えて」と頼んだのだった。

そのあと、直美が北里大学病院に入院している時に、私がひとりでもやい工藝に行って、一枚だけ見つけた。迷ったすえ、ある時に買わなくては、と思って買った。

直美は「もういまさら」という気分なのかもしれない。しかし私はあと三枚買おうと思った。

夕方になって直美はまた吐いた。北里大学病院のS医師は「吐き気に気をつけて」と言った。もう迷っている場合ではなかった。

「休日診療所に聞いてみようか」

「それより湘南鎌倉に診てくれるか聞いてみて」

それもそうだ。どうせこのあと世話になるつもりなのだから、湘南鎌倉が診てくれれば一番いい。

電話をすると、事務の人が出た。

「妻が何度も吐いて様子がおかしいのです。金曜日に婦人科の予約を入れているのですが、いまから診てもらうことはできるでしょうか」

「はい、どうぞ来てください。ただ応急処置だけになるかもしれませんが」

返ってきた言葉は何かあっけらかんとしていた。産婦人科の予約を入れたら十日も先になった経験からは、もうすこし面倒なことを予感していた。

「病院に着いたらどこに行けばいいでしょう」

「事務の者が入り口あたりにいますから、聞いてください。玄関は七時ぐらいまで開いていますし、それを過ぎたら救急の入り口から入ってください」

直美はよろよろと二階に上がって、着替えてきた。タクシーは十分ほどで来た。保険証や財布など一式が入ったバッグは私が持って先に乗る。直美は私の膝に頭を乗せて、ずっと苦しそうだった。

湘南鎌倉総合病院は大船駅の西にある。車で行くには鶴岡八幡宮の前から巨福呂坂を上り、北鎌倉を通って行かねばならない。片道一車線だから、休日は時間によっては車が数珠つなぎになる。午後五時を過ぎていたからか、さいわいに渋滞の名所の建長寺前もそれほど混んでいなかった。

湘南鎌倉総合病院に来るのは初めてだった。ホームセンターのコーナンから、病院の屋上にある看板が見えていた記憶はあった。あの辺にあるのだな、とぼんやり思っていただけだった。

着いたのは五時半ごろ。玄関の自動ドアから出入りができた。まだ新しそうな建物だ。四階まで吹き抜けの広々したロビーには、あちこちに樹木が配置され、患者や家族らしい人がぽつぽつと椅子に座っていた。

ロビーの右側がいろんな手続きのカウンターになっている。直美をロビーの椅子に座らせて、カウンターの職員に、急患であることを告げた。

健康保険証を出して、問診票を受け取り、直美の隣に座って書き込んだ。職員はファイルをくれて、カウンターの先を右に曲がれという。そこで看護師が聞き取りをして、採血をし、さらに奥の待合室に誘導された。そこには数部屋の救急用診察室があって、その前の廊下に長椅子が並んでいた。

日曜の夕方にもかかわらず、十人以上の患者が順番を待っていた。あとからも患者が次々に来る。救急車で送られてくる人もいる。部屋のスピーカーが、救急からの情報でこれから運ばれてくる患者の容体（ようだい）などを、医者や看護師に告げていた。

診察室の背後は広い処置室になっていて、カーテンだけで仕切られた区画にたくさんのベッドが並んでいた。あとから知ったが、ここは二十四時間、三百六十五日、患者を断らないことを原則とする病院だった。

やがて直美の名前が呼ばれた。診察室の若い医師に容体を話す。二日前に一度吐いて、今日は二度も吐いて何も食べられない、と直美が話す。そして、実は子宮体がんがほかにも転移していて、北里大学病院に代わって今週からこちらにお世話になるつもりだったと告げる。医師は話を聞きながらパソコンに打ち込む。診察は簡単にすんだ。

「とりあえず点滴を打って、CTも撮りましょう」

看護師に処置室のベッドの一つに案内された。栄養剤なのだろう。点滴が運ばれてきて、看護師が処置をする。しばらくCTの順番を待たないといけないらしかった。

「ご主人は待合室のほうで待っていてください」と言われ、私は待合室に戻った。

樹里に病院に来たことをラインで知らせ、あとで電話すると告げた。

応急処置をしてもらって家に帰るつもりでいたが、これはひょっとするとこのまま入院もあり得るかもしれない、とようやく思いはじめた。

待合室には数人の患者がいた。ときおり急患を知らせるアナウンスが響く。ひとりで長椅子に座っていると、妻はいつ家に帰れるだろうか、一緒にいられる時間はあとどのくらい残されているのだろうかという同じ問いが、頭の中をぐるぐる巡(めぐ)っていた。

一時間ほど待った。CTも終わったのだろう。妻がベッドに戻っているようなので、私は勝手にベッド脇に行った。妻は疲れているようで何も話さなかった。私もじっとして待った。

しばらくして先ほどの若い医師が来た。

「腸閉塞（ちょうへいそく）か腹膜炎（ふくまくえん）を疑わなければいけない状態です。ただ腸閉塞といっても詰まっているわけではなく、機能的なものと思われます。腸の動きが悪いというわけですね。ＣＴでみるとそういうことです。血液検査のほうは特に問題はありませんでした。金曜に産婦人科の外来を予約されているということでしたが、いまちょうど産婦人科の先生がいるので、今後どうするか相談してみます。もうすこし、待ってください」

それほど待つことなく、二人の医師がやってきた。産婦人科のＫ医師とＡ医師だ。女性のＫ医師が主治医になり、男性のＡ医師も担当医ということになるのだそうだ。

Ｋ医師が話した。

「しばらく入院していただいたほうがいいでしょうね。腸が回復して食べられるようになればいいのですが。まず胃にガスや液体がたまっているようなので、鼻から管を入れて出します。そして腸を休めるために絶食していただきます。それから次第に軟らかいものから食事を再開します。病室は産婦人科がいま空いていないので別の病棟ですが、四階に入っていただきます。ほかの部屋に移る希望があれば看護師に言ってください」

てきぱきとした医師であった。

「入院になるような気はしたの」

「食べられるようになれば帰れるさ」

「何も持ってこなかったから、いまから言うものを取ってきて」

「はい」

「いつも飲んでいる薬。それからお薬手帳。いつも使っているパープルのバッグの中に入っている。歯ブラシとコップは北里に入院した時のを知ってるでしょう。それからスマホの充電器。タオルを三、四枚。ムーミンのがいいな。パンツと靴下、キャミはわかる？　ランニングみたいなやつ。かあさんの部屋の小さな箪笥(たんす)を探してみて」

「それを何枚？」

「三、四枚ずつ。それから北里で使ったふたつきのコップ。ダイニングの飾り棚の下のほうに入っている」

「東戸塚で買ったやつね」

「パジャマは貸してくれるというから、いいか。あと時計。かあさんの部屋に置いてある折りたたみ式のを。それにティッシュとウエットティッシュ」

「ウエットティッシュはないかも」

「なければ明日、一階のコンビニで買って」

「それから眼鏡でしょ。シャンプーとリンスと石鹸(せっけん)。石鹸は洗面台の右端に丸いケースに入れたのがある。それで、全部をいつも使っている小さなスーツケースに入れてきて」

妻には家の中の様子が絵に描いたように見えるようだ。

やがて看護師が来て、移動用のベッドに妻を乗せ替えた。大型のエレベーターで運ばれ、四階の病室へ行った。そこは脳卒中の患者の病棟だった。四人部屋の入り口に近いほうである。看護師から入院手続きの説明を受けた。

樹里と奈奈に、入院することになったとラインを入れて、病院の前からタクシーを拾った。救急の入り口付近には救急車が二、三台並んでいた。鎌倉市のだけでなく、藤沢や横浜の救急車もあった。近隣都市の拠点になっている病院なのだと知った。

自宅から病室に戻ると、直美は鼻から管を入れられていた。

「しんどいねえ」と言うと、こっくりとうなずいた。

就寝時間はとうに過ぎていて、すでに病室はうす暗くなっていた。寝息というには少々大きすぎるような音が、向かいのカーテンの中から聞こえる。

「これはここに入れるね」と、一つ一つ持ってきたものを物入れに入れた。

「じゃあ帰るね。明日は面会時間の三時に来るから」

「ありがと」

鼻から管を通した姿で直美が言った。私は彼女の手を握ってから、手を振った。直美も小さく手を振り返した。

症状の説明を受けて

翌日は月曜日だ。いつもと同じ午前四時半に起きて原稿を書いた。

会社のシステムに原稿を送ったところで、直美にラインをした。病室での電話は禁止されているが、メールはかまわない。昨夜、持っていったものに足りないものがあった。お薬手帳は古いのを持っていってしまった。

「おはようさん。歯磨きと折りたたみのコップ、鏡、お薬手帳は今日持っていきます。あと何かいるものがあったらメールください」

妻からすぐに返事が来た。

「裏のバケツを置いてあるところに緑の洗面器があるから、洗って持ってきて」

「お薬手帳はいまの薬のシールが貼ってあるか確認して」

五月雨式（さみだれしき）にメールが来る。

「一階の倉庫の中の、折りたたみ傘が入っている引き出しにポーチがあるから持ってきて」

「洗面台の右側に小さなボトルに入った化粧水があるのを持ってきて」

「テレビを見るのにイヤホンがいるんだって」

イヤホンも持っていったが、結局ほとんど使うことはなかった。

会社に電話をして事情を話した。がんの再発のことは初めて打ち明けた。入院している間は自宅で仕事をして、出社はしないつもりだった。いまの仕事はそういう作業の仕方ができるから、幸運だったのかもしれない。

大船駅から病院のシャトルバスに乗ると、午後三時すこし前に着いた。面会の受付にはすでに二十人ぐらいが列を作っていた。用紙に必要なことを書いて最後尾に並ぶ。ほんの数分のことがじれったかった。

病室に入り、カーテンをそっと開けると、直美は眠っていた。鼻の管が取れていた。起こさないように、そばの椅子で本を読んだ。

「あら、来てたんだ」

三十分ほどして目を覚ました。

「管取れたんだね。よかった」

「うん。朝、抜いてくれた。胃の中のものはあんまり出てなかったみたい。いつ来たの」

「三時すこし前に来たよ。この病院はけっこう面会時間に厳しいのかな。三時にならないと受けつけてくれないから、長蛇（ちょうだ）の列だった」

「朝、K先生たちが回診に来た。今日は絶食だって。明日からすこしずつ、流動食から再開していくんだって」

「そうね。腸を休ませてからということだね」

左腕に点滴の針が刺さっていた。

「栄養は点滴で摂るんだね」

「うん。まだ薬も飲めないから、鎮痛剤も点滴で入れるんだって」

「そこの水のボトルを取ってくれる」

サイドボードにあるペットボトルを渡した。

直美は口をゆすいで吐瀉物用の容器に吐いた。

「まだ水も飲んじゃいけないんだって。でも口が渇くから、ゆすぐだけならいいの」

夕方、奈奈が来た。

「今日は仕事がわりあい早く終わったの。いまそんなに忙しくないから。この病院は近くていいね」

「大船駅のシャトルバスはわかった？」

「わかんなかった。タクシーで来た」

カバンから雑誌を取り出す。

「はい、にゃんこを持ってきたよ」

「あら『アンアン』がまた猫特集やってるの」

去年、北里大学病院に入院していた時、妻はコンビニで買った「アンアン」の猫特集をよく眺めていた。

「そうなんよ。これがまたよく売れるんだ」

写真を指さしながら、これは編集局の誰それの猫、これはカメラマンの猫、などと内輪話をする。

「はい、とうさんにはこれ」と犬のカタログ雑誌を取り出す。百種類以上の犬が写真とともに載っていて、性格のよさや、飼いやすさなどで点数づけされている。

直美はもともと犬も猫も苦手だった。ところが、樹里が以前ゴールドコーストで部屋を借りていた夫婦が、二匹の大きな犬を飼っていた。オーストラリアンラブラドゥードルという、日本ではまだそれほど広まっていない犬種だ。

デイブという大人の茶色い犬と、パーリーという体は大きいがやっと一歳になった白い犬がいた。特にパーリーはソファに座っていても膝に飛び乗ってじゃれついてくる。直美はその犬たちがかわいくて、初めて犬に触れるようになった。鎌倉に行ったら犬を飼おう、ということになっていた。

「いつ飼うの」

「いまの仕事を替わったら。毎朝仕事していたら、散歩に連れていけないからね」

「何を飼う？」

「オーストラリアンラブラドゥードルかな」

「ラブラドールレトリバーでもいいよ。黒いのがかわいいな。黒ラブちゃん」

そんな会話を何度も交わした。

奈奈は猫派だ。しきりに鎌倉で猫を飼えという。自分の家にときどきやってくる灰色の猫にハイちゃんと名づけて夫と一緒にかわいがっている。その動画を直美のスマホに送って、懐柔工作をしてきた。

「七日から十二日まで沖縄に行ってくる。用事がありそうだったら、早めに帰ってくるけど」

「仕事？」

「仕事に休みをくっつけたの」

「大丈夫だよ。行っておいで」と妻は言った。

妻は猫の雑誌を見て、私は犬のカタログ雑誌を見て過ごした。猫の雑誌にシールが付いていた。妻はそれを二枚はがして、自分のスマホケースの裏に貼った。

翌日も、仕事を片づけてからメールをした。

「ごはんは食べられた？」

「おかゆは三分の一、おかずは八割食べたよ」

「食べられてよかったね」

「うん。退院早めみたい」

正直、ほっとした。病院がくれた入院計画書には期間が一週間と書いてあったが、うまくいけばもっと早く、今週中にも退院できるかもしれない。

病室に行くと、まず直美に聞いた。

「お昼は食べられた？」

「うーん。おかゆをすこしとおかずを半分ぐらいかな」

「朝のほうが食べられたかな」

「そうね」

「家でもいつも朝が一番食べられるもんね。まあ、ぼちぼちやろう」

「今日は廊下をずいぶん歩いたよ。看護師さんに、よく歩いていますねって褒められた」

「そりゃ、えらいね」

北里大学病院で手術のあと点滴の下がったハンガーを持ちながら、一生懸命病棟の廊下をぐるぐる歩いていた妻の姿を思い出す。回復を早めるためには、すこしでも歩いたほうがいいと勧められていた。

K医師が病状の説明をしてくれるという。ナースステーションの隣の部屋で、ふたりで聞いた。

「腸閉塞の症状ですが、骨盤の下の狭いところで小腸が腹膜とくっついているようですね。あるいは転移の影響かもしれません。だから腸の動きが悪くなって、通過障害があるのでしょう」

「右骨盤内の腎臓の近くに転移があります。これで腎臓の働きが悪くなっています。肺の転移は両側に数ミリぐらい。七月の検査の時より若干大きくなっているようです。それから肝臓にも転移が見られます。一センチぐらいかな。これから大きくなるとは限りませんが、肝機能は落ちてくるでしょう。おなかの張りは腹水がたまっているのかもしれませんね。それと右の腎臓は水腎症（すいじんしょう）になる可能性もあります。尿量が減るとロキソニンやセレコックスがとりにくくなるので注意が必要です」

聞けば聞くほど、満身創痍の状態だ。これでいつまで持つのだろう。

「退院後の食生活については栄養士の指導を受けてください。腸閉塞にならないように食材に気をつける必要がありますから。それからリウマトレックスをどうするかですね」

「リウマトレックスはもう飲んでいません」と直美が答えた。

入院してから不思議なことにリウマチ症状が軽くなっている。

「退院は早めでもいいのですが、長女の方が十一日に帰国されるということなので、十二日ということにしましょうか。退院しても、診療所からの連絡で、状況に合わせてMRIやCTの検査はしましょう」

病室に戻ると、今度はソーシャルワーカーが来た。もらった名刺に「地域総合医療センター退院調整室　室長」とある。病院にそんな係があるとは知らなかった。

「どうですか、真田さん。だいぶ食べられたようね。よかったですね」

明るい表情で患者を励ましてくれる。

「退院は十二日の予定になったと聞きました。退院後の準備をしておかないとね。訪問診療は考えておられますか」

「ドクターゴン診療所がいいと聞いています。そちらにお願いしようかと」と私が答える。

「ああ、ドクターゴンさんね。あそこは鎌倉の命綱ですよ。私から連絡しておきます。ご主人も、明日にも電話してみてください。診療記録は用意しておきますから、それを持って打ち合わせと契約に行っていただくことになります」

「ご自宅はベッドですか」

「ええ、ベッドなんですけど、寝室が二階なので一階に介護ベッドを入れたいと思うんです」

「それでは要介護認定の申請をしなくてはね。市役所の窓口で申請してください」

在宅看護の準備をどんどん進めないといけないようだった。

夕方、私は早めに食事に出た。直美の夕食が六時からなので、自分は早めにすませてその様子を見たいからだった。

あたりは住宅街でレストランの類いはあまりない。裏道を通ってホームセンターのコーナンに行った。昨日もそうした。そこに回転寿司とファミレスが入っている。結局、妻の入院中、この二つの店を交互に利用することになった。

病室に戻ると、妻の夕食はそのまま置いてあった。

「どうしたの。食べられない？」

「においを嗅ぐだけで、うっとする。これだけ食べる」と言って、味噌汁をすこしすすった。あとは看護師が片づけていった。

それでもあとから思えば、この日がたくさん食べられた最後の日だった。

末期がんの扱い

翌日は、直美から「くらこん部長を買って、冷蔵庫にある甘くない梅干しを持ってきて」とメールが来た。「くらこん」は塩昆布の名前だ。以前、直美に頼まれて東急ストアで探したけど、なかった。仕方なく別のを買って帰ると、「これは硬い」と言って食べなかった。そのあとユニオンで見つけて、買ってあった。

さらに「中に何も入っていないゼリーが欲しい」とも言ってきた。ちょっとでも食べなくてはと、彼女も一生懸命考えているのだった。

この日、私はあちこち動いた。朝、仕事を片づけると、まず鎌倉駅の西にある市役所に行った。要介護認定の申請をするためだ。

がんでも要介護認定を受けられるということを、それまで知らなかった。介護保険というのは高齢者だけのためのものだと思っていた。

実際、申請の窓口は「高齢者いきいき課」だ。そこでもらった資料によると、六十五歳以上は第一号保険者で、どんな病気やけがで介護が必要になったかは問われない。四十歳から六十四歳までは第二号保険者といい、老化が原因とされる病気になった場合に介護保険の対象になる。認知症や脳血管の疾患など十六種類の病気があげられているが、その最後に「がん末期」とある。末期がんは老化と同じ扱いなのだ。

申請書に記入して窓口に出す。介護サービスを必要とする理由の欄には「末期がん」と書いた。係の女性は、認定にはまず調査員が面接して報告書を書き、主治医の認定書とともに介護認定審査会にかける。そこで要介護のレベルを認定するという。

「通常は三週間から四週間かかります。大変失礼ですが、余命などは聞いておられますか」

「はい。早ければ年内と」

「年内ですか。がん末期の場合は特別に認定を早く進める方法もあります。その方向でやってみましょう。さっそく調査員の予定を聞いてみます」

調査員の女性が窓口に来た。

「では最速で九月十二日なのですが、いかがですか」

「はい、その日に退院する予定なので好都合です」

「退院は何時ですか」

「十一時の予定です」

「では、その日の午後一時半でいかがですか。もし万一、退院が遅れた場合は病院のほうに伺いますので、その日の朝に連絡をください」

話は予想外にどんどん先へ進んでいく。

市役所に来たついでにすこし足を延ばし、佐助のほうまで歩いて、もやい工藝に寄ることにした。

市役所前のゆるやかな坂道を上り、商工会議所の前を通る。隣に諏訪神社という小さな社がある。去年、直美と一緒に散歩している時に、ここを見つけて参拝したことがあった。彼女は神社が好きだ。すべての神社がということではなく、何かを感じる神社があるらしい。彼女はそれを「エネルギー」と言う。その時もそうで、「ちょっと寄ってみる」と言った。社務所もない、参拝者もいない神社だったが、何か惹かれるものがあったのだろう。

数年前、ふたりで和歌山の実家に帰った時に、弟の敏尚君の車で訪ねた熊野本宮大社を思い出した。明治の大洪水で熊野川の中州にあった社殿が流され、山の上に移設されている。もとの社殿があった場所には高さ三十四メートルの大鳥居だけが再建されている。

山の奥の河原に突如現れたような巨大な鳥居の迫力に、気圧されるような気分になった。あれをエネルギーというのかもしれない。妻が育った紀伊半島の奥地にはそんな場所がたくさんあった。

諏訪神社を過ぎて、トンネルを一つくぐる。駅から市役所前を通って、こちらへ上る道はいつも多くの人が歩いている。佐助には、鎌倉の観光名所の一つ、銭洗弁財天があるからだ。家探しをしている時には佐助のあたりも有力候補で、ふたりでよく歩いた。しかし駅に近いこのあたりには、なかなか出物はなかった。たまにあっても、どうやって出入りするんだろうと思わせるような、相当な訳あり物件だった。

佐助一丁目の交差点を右に曲がり、しばらくしてもう一度右に曲がると、もやい工藝がある。

「青い皿が入ったと連絡を受けたのですが」と告げると、店主は以前のことを覚えていた。

「あれから一枚買っていただきましたね。今度のも見ていただいて気に入ったらお持ちください。同じ窯でもその時によってできあがりが違いますので」

見覚えのある大皿を六枚出してくれた。

「前のよりすこし色が淡いような気がしますね」

「そうかもしれません。こればかりは毎回同じようにはいかないんです」

「これはどちらの窯でしたっけ」

「三重県です。この前の伊勢志摩サミットで、この作家さんのコーヒーカップが使われたそうです。京都の河井寛次郎さんの孫弟子に当たる人です」

河井寛次郎といえば民芸派作陶の大御所である。五条にある河井寛次郎記念館には、京都に住んでいる時に何度か行った。囲炉裏のある古民家に陶器がたくさん展示してあり、落ち着く場所だ。屋外には登り窯もある。

どれにするか迷ったすえ、なるべく深い色合いの皿を三枚選んだ。

手をつないで

この日、直美の病室が以前から頼んでいた個室に替わった。四人部屋では周りのいろんな声がする。彼女も落ち着かない様子だった。これで、昼間もゆっくり寝ることができる。場所はこれまでと同じ四階だった。顔見知りの看護師さんがいるから、そのほうがいいかもしれない。

病室に入ると、点滴が抜けていた。とりあえず病状が改善したようで嬉しかった。

「今日、もやいに行って、お皿を三枚買った。これでようやく六枚になったよ」

報告すると、嬉しそうな顔をした。

しかし、昨夜から今日の昼まで彼女はほとんど食べていないようだった。

「なんかおかゆがおいしくないのよね。朝のパンは食べられるんだけど。だから昼と夜もパンを出してもらうように頼んだの」

一人部屋になって、妻の気持ちはすこし落ち着いたのかもしれない。ときどき猫特集の雑誌を開いて、

「ねえ、この子かわいいねえ」と言った。

私は付き添い用の椅子で、持ってきた鎌倉検定の本を読んでいた。

「ねえ、何読んでるの」

「鎌倉検定の本」

「受けるの？」

「受けてみようかな。ボランティアガイドでもするなら役に立つだろうから」

「そうね。引退後のことを考えたほうがいいわね」

この日、病院からドクターゴン診療所に電話した。「なるべく早く打ち合わせがしたい」と希望を述べて、二日後に常盤口の診療所で話すことになった。


この朝、直美から「ゼリーが欲しい」とメールが来ていた。「何にも入っていないのがいい」とも書いてあった。

入院する以前、果物が入ったゼリーが欲しいと言われて、桃やマンゴーがごろごろ入ったのを買って帰った。それらは食べずに冷蔵庫で眠っている。なるべく食べやすい、ゼリーだけのものが欲しいのだろう。病院に行く前に鎌倉駅前のユニオンで探してみたが、何にも入っていないゼリーというのは意外にないものだ。果物が入っているにしても、なるべく細かく砕いたようなものや、プリンなどを何種類か買っていった。

「ゼリー食べる？」と聞いたが、「あとでいい」と言った。結局はそのまま病室の冷蔵庫に眠ることになった。

翌日の九月八日朝、直美からメールが来た。

「ブドウを買ってきて。オレンジも食べたいけど、ナイフがないからいいよ」

「じゃあ、オレンジも買ってナイフも持っていくよ」

「大丈夫。それよりカロリーメイトのゼリーがいいみたい。栄養士の人が、なるべくたんぱく質が入っているものを食べなさいって。プリンとかもいいみたい」

「もう栄養士さんが来たの？」

「ううん。いまのは入院中の話。退院後の栄養指導は三時からだよ」

今日はその栄養指導のために、三時前に病棟に入れてもらった。来る途中に鎌倉駅前の東急ストアで、ブドウとカロリーメイトのゼリーやプリンを買った。ふと気づいて店の入り口にある花屋でアレンジフラワーを買った。小さなかごいっぱいに色とりどりの花が活けてある。大きな紙袋からそれを取り出して窓際に置いた。

「まあ、きれいね。どこで買ったの」

「東急の一階の花屋さん。この部屋には花がなかったな、と思って。今朝は食べられた？」

「食パン一枚とサラダを三分の二ぐらい食べたよ」

「それは上出来。お昼は」

「うどんだったから、けっこう食べられた」

病室に来た栄養士さんは、イラストのついた食品の一覧表をくれた。腸閉塞を避けるための食事の方法を教えてくれる。

「イレウス、つまり腸閉塞を避けるには、腸に優しい食事をするよう気をつけてください。消化しやすいものを選ぶように。低残渣食といいますが、繊維が少ないものがいいんです。この表の左のほうのですね」

「パンはいいんですか」

直美が聞く。

「食パンのような柔らかいパンなら大丈夫です。バターは控えめにしてください」

「バター、好きなんだけどね」

私が言う。うちではマーガリンは食べない。バターだけだ。妻はくせのないカルピスバターしか買わない。

「油分の多いものは気をつけたほうがいいです。油は消化に時間がかかるんです。肉類も脂の多い部分は避けて、ヒレ肉とかささみとかがいいですね。魚は白身のほうがいいです」

一覧表では海藻やキノコは避けたほうがいいものになっている。妻は食が進まない時、ごはんに塩昆布をのせてお茶漬けにしていた。

「塩昆布はだめなんですか」

「それよりのりの佃煮のほうがいいですね。調理は煮る、蒸すが基本です。トマトは皮や種を取ってください」

果物ではメロンやバナナ、リンゴはいいが、柑橘類やキウイはだめなようだ。大豆、小豆、コーヒーも避けたほうがいい食物に入っている。

なかなか面倒くさそうだが、退院してからのことを考えるのは悪くなかった。きっと樹里がいろいろ工夫して食事を作ってくれるだろう。

栄養指導が終わって、妻が言った。

「お散歩に行こう」

「ああ、ちょっとでも歩いたほうがいいよね」

「病院の中だけどね」

「そうね。探検してみるか」

「ちょっと一階に行ってきます」

直美がナースステーションで声をかけると、看護師が笑顔を返してくれた。

四階の廊下をゆっくり歩く。

「ちょっと、これどけて」

私が左の肩にかけていたバッグが邪魔だという。右の肩に移すと、直美が手を握ってきた。なんだか久しぶりだ。以前はいつも、散歩をする時には手をつないでいたが、いつごろからかしなくなった。

エレベーターの中でもつないだままだった。

一階に降りて、奥のほうを覗いた。入院した夜にばたばたと移動した救急の診察室は、こんな風になっていたんだと気づいた。何かずいぶん前のことのようだ

コンビニに入ってぐるりと一回りする。特に買うものがあるわけでもない。でもちょっと日常生活に近づいたような気がする。

ロビーに入って、窓際のソファに並んで座った。ロビーには樹木が何本も植わっている。

「あれ本物かな」

「それぞれ形が違うから本物よ。きっと」

四階まで吹き抜けの大きな窓から、明るい日差しが注いでいた。明日はふたりで外に散歩に出られないだろうか、と思った。北里大学病院の庭を散歩した時のように。

個室にはシャワーがついているから、共同のシャワー室を使わなくてもいいのだけど、直美は共同のほうを好んだ。そちらのほうが広くて椅子もついているからだ。昨日まではシャ

ワーに入る前に看護師を呼んで、点滴の針が入った腕の部分が濡れないように処置してもらっていた。今日はそれもいらない。すこしずつ退院に向けて、ことが進んでいる。

「千ちゃん、うつぶせで顔を起こせるようになったのよ」

「へえ、すごいねえ」

「すこし首が据わってきたのよね。ジャンパルーに乗るところが見てみたいなあ。首が据われば乗せられるんだよね」

「ぴょんぴょん跳びはねるんだろうな」

直美は送られてきた動画を、スマホで何度も何度も見ていた。

いつものようにコーナンに夕食に行って帰ると、直美はすこし食べられたようだった。

「ちょっとは食べられたかい」

「うん。パンにしてもらったらすこし食べられた」

「そりゃ、よかった」

「テレビでニュース見ていいよ。テレビのカードを買ってきてよ。ナースステーションの向こうに自販機があるから」

テレビをつける気になったのは前進だ。この病院ではテレビは千円のカードを入れて見る方式になっている。個室だから、イヤホンをつけなくてもいい。直美と一緒に七時のニュースを見た。久しぶりのことだった。

ドクターゴン診療所

翌日は昼前に家を出た。生け垣のトキワマンサクが乳白色の小さな花をつけはじめているのに気づいた。日差しがきつく、私は直美と一緒に買った麻の帽子をかぶって行った。

ドクターゴン診療所に行く日だった。鎌倉駅からバスに乗らないといけないので、その前に駅の西にある「オクシモロン」で久しぶりにエスニックそぼろカリーを食べた。大葉やパクチーなどがいっぱいのったドライカレーで、この店の名物だ。平日だけど店内はすでに満席で、外のテーブルに案内された。

小町通りにある本店も、紀ノ国屋の隣にあるこの支店も、妻と何度も来た店だが、ひとりで入るのは初めてだった。ほかの客はみなグループかカップルだ。四人掛けのテーブルにひとりで、街並みを歩く人をぼうっと眺めながら食べる。いつもの味がしないような気がした。

ドクターゴン診療所のある常盤口は初めて行く場所だった。この診療所は、東京女子医大の救命救急センター長をしていた医師が、二十年以上前に郷里の宮古島(みやこじま)で開いたのが最初だ。高齢者の多い鎌倉に二つ目の拠点を設けた。新聞やテレビで何度も取り上げられている。

診療所ではまず看護師さんが説明をしてくれた。ここには医師と看護師がそれぞれ六人いて、二十四時間態勢で在宅支援をしている。通常の訪問診療は二週間に一度だが、患者の状況に合わせて回数を増やしたり、看護師だけでも訪問したりしている。

点滴や胃ろう、酸素吸入、心電図や採血、採尿検査など、かなりのことが在宅でできるという。

薬局や訪問介護ステーションなど、患者が利用しているほかの事業所とは、クラウド型のシステムで情報を共有しているという。緊急時には湘南鎌倉総合病院をはじめ、いくつかの病院で対応できるようネットワークができている。在宅医療の態勢が意外に整っていることを知った。

直美の担当は院長のI医師に決まった。I医師のもとには湘南鎌倉総合病院からすでにデータが来ていた。

退院は九月十二日の昼前の予定だから、その日の夕方に最初の訪問をしてもらうことになった。介護認定の調査員が来るのと同じ日だ。その後は第二、第四週の金曜日が定期訪問の日になる。これで退院後の看護のめどがついた。すこしほっとした。

常盤口からすこし歩いて、久しぶりにモノレールに乗って大船まで行った。病室に入ると、直美は元気がなさそうだった。

「今日は朝からほとんど食べられないの」

「どうしたの」

「おなかが張って気持ち悪い。昨夜の食事についていた栄養ゼリーがなんかおいしくなかったのよね。あれで調子が悪くなったかも」

「プリンかカロリーメイトでも食べてみるかい」

「いまはいい。お水だけでいい」

気持ちが悪いというおなかを、ゆっくりとなでるようにマッサージした。すこし張っているような気がした。足ももんだ。その合間に直美は猫の雑誌を、私は犬のカタログ雑誌を読んだ。

「何を飼うか決めたの」

「いや、まだ。でも賢い犬がいいな」

「迷子になったら、とうさんを連れて帰ってもらわないといけないものね」

「そう。だから大きいやつでないと。やっぱりラブラドールかな」

「大きいのは病気になった時に大変よ。うちは車がないし」

「じゃあ、このシェットランドシープドッグとかどうかな。中型犬で賢そうだ」

そんな他愛もない話をしていた。午後五時過ぎ、足をさすっていたら直美が急に上体を起こした。枕元にあった容器を口元にあてて、吐きはじめた。何度も吐いて、容器はあっという間にいっぱいになった。ほとんど胃液のようだった。

看護師を呼んで容器を取り換えてもらった。看護師が医師に連絡して、ＣＴを撮ってもらうことになった。妻が病室を出ている間に、私は夕食を食べに出た。

せっかく治りかけていたのに。週明けには退院して、自宅で在宅医療を始めるはずなのに。

不安が胸を駆けめぐった。

夕食からの帰り道、ふと見上げると夕焼けの空高く羊雲が出ていた。もう秋が近いのだと思った。

病室に戻ると、妻が検査から戻っていた。

「樹里の出産の手伝いができたし、千ちゃんの面倒も見られたから、私は何にも後悔していないの」

そう直美は言った。

「明日は来るの夕方でいいから、折りたたみベッドをウッドデッキに出して、一日干しておいて。殺菌しておかないと。マットレスはしっかりはたいてね」

オーストラリアにいる樹里は、夫の仙君と千ちゃんとともに、明後日に帰国する予定だ。その日は仙君の千葉県の実家に泊まり、翌日に鎌倉に来る。簡易ベッドは一階のリビングに広げて、千ちゃんの居場所にするつもりなのだ。

「二階の畳の部屋も片づけておいてね。樹里たちが寝られるように」

「わかった。それよりＣＴの結果はいつ教えてくれるの」

「月曜に担当のお医者さんが出てきてからかな」

自分のことより娘や孫のことばかり心配しているのだった。

第七章　晩夏　その二

感謝の言葉

翌日は朝から晴れ上がっていた。直美に言われた通り、まず倉庫から簡易ベッドを引っ張り出して、ウッドデッキの一番日当たりのよさそうなところに広げた。それから家中に掃除機をかけた。

「とうさんは、掃除機はかけても拭き掃除はしてくれない」と、いつも言われるので、この日はテーブルや階段の手すりなども拭いた。

一日中干せと言われたが、直美の様子も気になった。幸い天気はいいので半日干せば大丈夫だろう。午後二時過ぎには片づけて、いつもの時間に病院に行くことにした。

直美からは朝、下着とタオルを数枚持ってきてくれとラインが入っていた。それからリンゴを買ってこいとも。

「おいしいリンゴを買ってきてください。ナイフも忘れずに持ってきてください」

「はいな。リンゴが食べられそうなら、ええこっちゃ」

「わからないけど、おいしいのがいいなあ」

「はい、一番おいしそうなのを買っていきます」

「昨日も夜吐いて、ほぼ何も食べてないよ」

「あらまあ」

そう書いて、次の言葉が続けられなかった。事態はいい方向には行っていないのかもしれない。

ナイフと、すったほうが食べやすいかもしれないから、おろし器を持った。駅前のユニオンで一番よさそうなリンゴを二個買った。

病室に入ったら、直美は点滴につながれていた。今日は一日絶食だという。また振り出しに戻ってしまったようだ。

「リンゴ買ってきたよ」

「まあ、おいしそう」

「剥こうか。すって食べられるようにこんなのも持ってきた」

「ありがとう。でも、いまはいい。匂いを嗅がせて」

ベッドの直美に一個渡すと、両手で持って鼻の前に置いた。そして「ああ、いい匂い」と嬉しそうな顔をした。直美は、そのほうがおなかの痛みがましだからと左を下にして、窓のほうを向いて寝ていた。その姿勢のまま、しばらくリンゴを両手で抱いていた。

「ねえ、メモ持ってる」

「ああ、持ってるよ」

「いまから言う人の名前をメモして。もし私が死んだら、その人たちに知らせて。電話番号は私の携帯に入っているから」

直美は順番に名前を挙げた。きっとベッド中で、ひとりで考えていたのだろう。よどみなく十一人の名前を言った。一番仲のよかった従姉妹、学生時代の友だち、名古屋にいたころの友人、横浜の社員寮に住んでいたころの友人、等々力に移ってからの友人らだ。名前は聞いていても、私は直接会ったことがない人もいる。

「電話は樹里にさせて。樹里はみんな知っているから」

こんなことも言った。

「どこか近くに樹木葬の墓地はないかなあ。逗子とか葉山とかなら、ありそうな気がするんだけど」

「探してみるよ」

「戒名はいらないって言ったけど、とうさんがどうしても欲しいっていうなら、つけてもいいよ」

「考えとく」

「母は来られないと思うけど、とし君が来たら交通費は出してあげてね」

和歌山の龍神村にいる弟の敏尚君のことだ。自分の葬式の手配を考えているのだ。

「ケーブルテレビのKNTVは解約して。もう見られないだろうから」

よく見ていた韓国ドラマのチャンネルだ。

「HAC（ドラッグストア）のカードは樹里に渡して。一番使うだろうから」

ドラッグストアのポイントカードのことだ。

「そう、かあさんの財布も樹里にあげて。樹里は奈奈のお古を使っているのよ」

去年買ったばかりのルイ・ヴィトンの大きめの財布だ。そして言った。

「とうさん。こんなに尽くしてくれてありがとう」

「そんなことないさ。なに言ってるの」

妻は最期を覚悟したらしい。涙が出そうになるのを必死でこらえた。いや、こっちのほうがいっぱい迷惑かけたし、かあさんのほうが尽くしてくれた。そんな言葉が口をつきそうになったが、最後の挨拶のようなことを言うのはまだ早いと、のみ込んだ。

妻の意識がはっきりしているうちに感謝の言葉をかける機会は、この時に逃してしまった。

翌日、直美の病室が替わった。それまでいた四階は脳卒中の患者の病棟だった。産婦人科の患者が入る本来の七階に移った。新しい部屋も構造は同じだ。

入り口の引き戸を開けると、窓際のカウンターの下に置いてある車いすが目に入った。前の部屋にはなかった。これで移動してきたのだ、と思った。

よく見ると付き添い用のベンチの配置が違う。前の部屋のほうが使いやすかったので、同じ配置にした。

前の部屋は空調の温度調節ができたが、今度はオンとオフだけのようだ。冷房はオフになっていたが、特に暑くはない。だが、そのほうが気持ちがいいからと、妻は枕にアイスノンをのせていた。

前の病室は、窓から山や横須賀線の線路が見えた。ところが今度の部屋は、隣の大きなマンションが見えるばかりだ。

「前のほうが、景色がよかったね」

「そうね。その窓のセミずっと動かないの。どうしたのかしら」

確かに窓の外にセミが一匹張りついている。たぶん死んでいるのだ。だが、そうは言えなかった。

今日も朝から何も食べていないようだ。リンゴもカロリーメイトのゼリーもいらないという。

「今日、樹里たちが帰ってくるね」

「いまごろどの辺を飛んでるのかな」

「まあ太平洋の上だろう」

「千ちゃん、またかわいくなったわよ。昨日の動画見た?」

「ああ、よく笑っていたね」

「でもまだ三カ月だから、飛行機大丈夫かな。赤ちゃんって、自分で気圧の調整ができないからね。耳が痛くて泣いちゃうのよね」

樹里と仙君と千ちゃんは、昼前にゴールドコーストを出発したはずだ。成田までは十時間ほどかかる。夜に到着して千葉の仙君の実家に泊まり、明日鎌倉に来る予定だ。二カ月ぶりに会える。

いつものように直美の足をさすっていると「なんか寒い」と言い出した。

「冷房は入っていないよ」

「でも寒い」

いつもはタオルケットだけだが、足元にたたんであった薄い掛け布団を広げて掛けた。

「まだ寒い？」

「寒い」

そのうち肩が震えだした。唇も色をなくして、歯ががたがた言いはじめた。これはおかしい。ナースコールで看護師を呼んだ。看護師はもう一枚布団を持ってきて掛けたが、それでも寒いというので電気毛布を持ってきてくれた。それでやっと収まった。

看護師が医者を呼んできた。医者は「熱が出てくる兆候かもしれません」という。実際しばらくして体温を測ると三十九度になっていた。

三十分ほどして顔色が元に戻った。暑いというので電気毛布ははずした。体温も平熱に戻った。

直美の体の中で何かの異変があるのかもしれない。制御の利かないことが起きているのだろうか。

早めの夕食から戻った。この夜からごはんを再開したが、直美は口をつけていなかった。それでも機嫌がよかった。

「樹里ちゃんたち着いたって」

「そう、よかったね」

「千ちゃん、飛行機の中でぜんぜん泣かなかったんだって。えらいねえ」

直美のスマホにラインで写真が来ていた。仙君に抱かれて飛行機に乗り込むところだ。千ちゃんは目を丸くしてきょとんとしていた。

かあさんの宝物

翌十二日は当初の予定では退院するはずの日だった。朝、原稿だけ送って、「もうすこし在宅勤務を続けたい」と会社に連絡した。退院後に介護保険の調査員が自宅に来ることになっていた。予定が変わったことを電話で伝えると、午後一時半に病院のほうに来るという。やはり最初の診察に来る予定だったドクターゴンにも、退院が延びることを伝えた。

宅配便が届いた。直美の実家からの野菜が、段ボールにいっぱい入っていた。重いのは新米が5キロほど入っているからだった。毎年この時期に送ってくれる。

直美は「やっぱり新米はおいしい」といつも楽しみにしていた。ほかにはなぜかビワの葉っぱがいっぱい入っていた。

ほどなくして義母から電話があった。

「すいません。こっちから電話しなくて。さっき野菜が届きました」

「ああ、そうかい、そうかい。それで直美は」

入院したことは伝えていなかった。一週間ほどで退院できるなら、わざわざ伝えることはない、と思っていた。

「いや、実はこの間から入院していまして。なんかおなかの調子が悪くて、吐いたりしたもので」

「ああ、そう。やっぱり。ちょっと胸騒ぎがして電話してみたんよ。それでまだかかるんかい」

「もうすこしかかるかもしれません。あの葉っぱがいっぱい入っていたのは」

「あれかい。樹里からビワの葉を送ってくれって。なんか毒消しに使うんやと」

介護保険の調査員が来るのに合わせて、早めに病院に行くと、調査員はすでに着いていて、病室の前で看護師から話を聞いているところだった。

「あとでご本人とご主人からもお話をうかがいますので」と言う。

病室に入って、持ってきたタオルや下着を片づけていると、樹里が飛び込むように入ってきた。鎌倉の家に帰る前に病院に直行したのだ。

「ママ、着いたよ」

いきなりベッドの直美に抱きついた。

「もう大丈夫だよ。樹里が絶対治してあげるからね。体にいいものいっぱい作るからね。絶対、絶対治るからね」

抱きついて放さない。妻も樹里の長い髪をなでてやりながら言った。

「ありがとう、樹里ちゃん。樹里はかあさんの宝物」

二人とも顔をくしゃくしゃにしている。

「千ちゃんはどうしたの」

「いま駐車場で仙君と一緒にいる。千ちゃん、飛行機でとってもいい子だったよ。一度も泣かなかったんだよ」

「そう、えらかったね」

千ちゃんは病室には連れてくるな、と妻が事前にかたく言ってあった。まだ免疫が十分でない赤ん坊が、どんな病原菌をもらってしまうかわからないからだ。

そこに調査員が入ってきた。妻に覆いかぶさるようにしていた樹里がやっと離れた。

介護保険の調査は簡単なものだった。特に妻への質問は、名前を言わせたり、日付を言わせたり、認知症の有無を確かめるようなものだった。

「これで調査は終わりました。申し込まれた九月七日に遡って介護保険が適用になります。介護ベッドなど必要なものは申し込んでください。社会福祉協議会のほうで申し込みができますので。訪問介護や訪問診療もどうぞ手配してください」

それまで縁遠かった介護保険というものが急に身近になった。妻の病気という、こんな形で使うことになるとは思ってもみなかった。

樹里たちを千葉の仙君の実家から送ってきてくれたのは、奈奈の夫だ。彼からスマホに電話があった。

「いまマンションの前の小さな公園のあたりにいるんですけど、そちらから見えませんか」

窓際に行ってみると、男二人が手を振っているのが端のほうにぎりぎり見える。仙君は千ちゃんを抱いている。

「千ちゃんが見えませんか」

「かろうじて見える」

「おかあさんに見せられないかと思って」

「どうしたの」と直美が言う。

「千ちゃんが下にいる」

「ああ、そうなの」と返事はそっけない。直美はもう窓際まで行くのがつらいのだ。

「悪いけど、かあちゃんは窓まで来られないから無理だね」


Ａ医師が土曜に撮ったＣＴの説明をしてくれる、と看護師が伝えてきた。直美は私の肩につかまって、ゆっくりゆっくりナースステーションの隣の小部屋まで歩いた。

パソコンにＣＴの画像が映っていた。

「こういう具合に小腸が腫れています。入院されたときの画像と比べても、より腫れているのがわかりますね。右の尿道の横に大きな腫瘍があります。骨盤の中の狭いところが、より窮屈になっているんですね。それで小腸の動きが悪いんです。まったく動いていないわけではないんですが。それで食べても吐いてしまうということになるんですね」

「昨日は急に震えと高熱が出たのですが、どういうことなのでしょう」

「ちょっとわからないですが、便の出が悪いので、毒素が回ったということかもしれませんね」

「何か方法はないでしょうか」

「腸の動きをよくする薬があるんですが、それを点滴に入れてみましょうか」

「お願いします。それと、もうあまり状況が変わらないのなら、なるべく早く家に帰りたいと思うのですが」

そう私が言うと、直美が続けた。

「最期は家で迎えたいんです」

驚くほど弱々しい声だった。

「明日はKさんも出てくるので、相談しましょう」とA医師は言った。

樹里がいる間に、一度便が出た。まだ腸は動いているようだ。

「千ちゃんがかわいそうだから」と、直美に追い立てられるように樹里が引き揚げると、入れ替わるようにノンちゃんが来た。

ノンちゃんは直美が娘のようにかわいがっている美容師だ。等々力に住んでいたころ、自宅のそばの美容院に勤めていたが、その後独立して、近くに店を借りてひとりで仕事をしている。人に見えないものが見えるという、妻と同じような特異な能力を持っている。いや妻よりもその能力は強いらしい。行ったことのない場所や、会ったことのない人が見えてしまう。

ノンちゃんが病室に入ってくると「下でお茶でも飲んできて」と妻が言った。

ちょうど社会福祉協議会に介護ベッドの手配を相談しないといけなかった。私は一階に降りて、ロビーのソファに座って電話をかけた。数日前に直美と一緒に座った窓際のソファだった。

とにかくもう早く退院させたい。妻の寝室は二階だから、退院後に備えて一階の居間に介護ベッドを入れないといけない。「なるべく早く欲しい」と言うと、社会福祉協議会の担当者は明日さっそく、事務所の向かいにある介護用品店に一緒に行って手配してくれるという。

しばらくするとノンちゃんが降りてきた。ちょっと元気がなさそうだ。

「実は昨日、直美さんから電話があったんです。『私、もうそんなに長くないかもしれない』って言うんです。それで『病院には来なくていい』と言われるんです。そんなこと言われたって……。それで無理に今日、すこしだけって言って、来ました。ふたりで泣いちゃいました」

ノンちゃんを見送って病室に戻る。直美は泣いたようなそぶりは見せなかった。

「ノンちゃんはね、死に神が見えるのよ。この部屋にはいないって」

「そうか。そりゃよかった」

少なくとも生きている間に家には帰れるということらしい。それだけでも、ちょっと心が落ち着いた。

「ねえ、家にアイスノンある？」

「あるよ。ちゃんと二つ買っておいた」

「うん、気がきくじゃない」

あとでA医師から連絡があった。明日の夕方、K医師と一緒に退院の相談をしようという。

最後の会話

樹里たちのために、駅前の東急ストアでおにぎりや惣菜を買って帰った。樹里たちは直美の看病をするつもりでオーストラリアから帰ってきた。樹里がネット注文した介護食の材料などがいっぱい届いている。

久しぶりに会った千ちゃんを抱っこする。ずいぶん重くなっていた。顔つきがすこし変わって、表情が出てきた。歯のない口で笑うのが何ともかわいい。直美も早く抱きたいだろう。いつもは夜になると、裏の滑川にいる鴨の声ぐらいしかしない。だが、祭り囃子の稽古なのだろう、笛や太鼓の音が聞こえてくる。鶴岡八幡宮の例大祭が近いのだ。そういえば今日は鳥に餌をやっていなかったな、と不意に思い出した。

翌朝六時ごろ、原稿を書いていると、スマホのライン電話が鳴った。直美からだ。今朝、血便が出たという。直美らしからぬ、すこしあわてたような声だった。樹里にも電話があった。

「かあさん、血便が出たんだって」

樹里もすこしあわてている。急いで原稿を仕上げて七時半ごろ、樹里と二人でタクシーに乗った。

病室に入ると、直美はいつものように左を下にして寝ていた。

「便はよく出るの。二時間おきぐらいに。でも毎回、血が混じるの。看護師さんがそのままにしておいて、と言うから流さずにおいてある。お医者さんに見てもらうんだって」

トイレを覗(のぞ)くと、固形物は食べていないから、便もたいした量ではない。まっ赤な血ばかりが目立つ。腸の中で何か異変が起きているのだろうか。腸の働きをよくするという薬のおかげで、腸の中にあった血が出てきたのだろうか。

A医師が来た。「薬がよく効いているということなのでしょう」と言う。血については何も言わなかった。

午前中に社会福祉協議会に行って、介護ベッドの手配をしなければならない。付き添いは樹里に任せて、私はいったん鎌倉に戻った。

社会福祉協議会は市立中央図書館の近くだという。鎌倉駅の西口から市役所前交差点を南に向かい、元は皇室の御用邸だったという御成(おなり)小学校の重厚な門を過ぎる。小学校の校庭を囲む大きな木が歩道に影を落としている。小学校の塀に沿って右に曲がり、しばらく行けば中央図書館だ。引っ越して間もないころ、直美とふたりで来たことを思い出す。一緒に貸し出しカードを作った。直美は何度か使ったが、私はまだ一度も使ったことがない。

社会福祉協議会はもう一本南の道沿いだった。その中の地域包括支援センターが窓口だった。担当者が介護保険の説明をしてくれた。

介護認定はまだ出ていないので、予防一般レンタルという利用方法になるのだという。それでも介護保険を適用した場合と利用料はそれほど変わらない。保険を使って二割負担になるより、この一般レンタルのほうが安くなる場合もあるという。介護用品業界が、過当競争で値引き合戦をしているのだそうだ。

さっそく向かいの介護用品会社に一緒に行ってくれた。ベッドには二モーター式と三モーター式がある。違いは、二モーターだとベッド全体の上下動と、上半身を起こす動きだけだが、三モーターなら膝のあたりも動く。いま在庫があるのは二モーター式だけだというから選択の余地はない。明日からすぐに必要なのだ。

直美の様子では介護用のパンツも必要になりそうだと思って、駅前のドラッグストアで買っていった。

病院に戻った。

「それはなあに」

「紙パンツを買ってきた。退院の移動の時にいるかもしれないから。介護ベッドを頼んできたよ。明日さっそく入れてくれるって」

「ドクターゴンも来てくれるのね」

「ああ、これで退院したあとも大丈夫だよ。ベッドはどっち向きに置こうか」

「トイレに近いところにして。頭は壁のほうに。掃き出し窓から庭が見えるようにして」

「わかった。そうする」

私が考えていたのとは、頭の向きが反対だった。そのほうが、ダイニング側の掃き出し窓を通して、餌場に集まる鳥たちが見えるかと思ったのだけど。直美が好きなほうにしよう。

沖縄に出張に行っていた奈奈が、早めのフライトに代えて直接病院に来る、と樹里が言った。奈奈も様子を聞いて心配になったのだろう。

樹里は私と入れ替わりに自宅に戻った。千ちゃんの面倒をみないといけないからだ。

奈奈は四時ごろ病院に来た。

「かあさん、大丈夫?」

「こっちにおいで」

直美は横になったまま言う。

「奈奈はかあさんの宝物」

直美の上に覆いかぶさった奈奈を抱きしめて言った。樹里の時と同じ光景だった。

いつの間にか窓の外は激しい雨が降っていた。下の階のベランダにある排水溝に、雨水が川のようになって流れ込んでいった。

直美はもう起き上がるのもつらそうだった。足が冷えるというので、私はベッドの端に座り、直美の足先を膝に置いて手で温めた。トイレに行く時は肩を貸して、点滴のハンガーを持って一緒にゆっくり歩いた。そのたびに血便が出た。

「ねえ、なんか乾癬がきれいになった気がするの。ちょっと見て」

「本当だね。不思議だね」

たしかに足も腕も湿疹になっていたところが、つるっとしてきれいになっている。自己免疫不全が原因の病気だから、免疫力が落ちているということなのかもしれない。もちろん、そんなことは言わなかった。

夕方、K医師が退院の相談に来た。

「なんとか早く退院したいんですが」

「私たちもそうしていただきたいと思っているんです。明日午後四時半にドクターゴンからも来ていただいて打ち合わせをして、できればそのまま退院ということにしましょうか」

ようやくめどがついた。奈奈は六時ごろ、鎌倉の家に戻った。

夕食を終えて病室に戻ると、直美は眠っていた。起こさないように、薄暗くなった部屋でそのまま座っていた。

八時になった。十分後に大船駅に向かうシャトルバスの最終便が出る。

「かあちゃん、ぼちぼち帰るよ」

「いま何時」

「ちょうど八時」

「もう八時なの」

いつもは早く帰れというのに、この夜だけはすこしさびしそうな顔をした。

「明日も早く来てね」

「うん、なるべく早く来るよ。トイレに行く時は、ちゃんと看護師さんを呼んで、手伝ってもらうんだよ」

「よく眠れますように」

直美の右手を両手で握って言った。握り返す力は弱かった。部屋を出る私に向かって彼女は小さく手を振った。

それが最後の会話になるとは思わなかった。

帰る道すがら、街のあちこちに提灯(ちょうちん)がつるされているのに気づいた。若宮大路の段葛(だんかずら)の中央には、ポールを立てて日の丸が飾られている。明日から三日間、鶴岡八幡宮は秋の例大祭だ。

第八章　晩夏　その三

意識がない

翌朝、心配だからと早朝に病院に行った樹里から電話があった。

「かあさんの意識がないの。何も話してくれないの」

「わかった。すぐ行く」

原稿をさっと送って、奈奈と一緒に六時半ごろタクシーに乗った。車の中で樹里に様子を聞いた。看護師の話では、昨夜から今朝五時ごろにかけて三回トイレに行ったという。五時ごろまでは立って歩けたわけだ。その後、樹里が病室に着いた六時までの間に意識がなくなったのだろう。

病室に飛び込むと、直美はうつろな目を開けていた。

「かあちゃん、大丈夫か。すぐに家に帰ろうな」

肩を両手で抱いて言った。もちろん返事はないが、聞こえているのではないかと思った。

話しかけると、ときおり手を動かして、「うー」という声も出る。目は開けているが、どこを見ているのか、見えているのかどうかもわからない。

「話しかけても何も答えてくれないの。痛みに耐えられなくて、意識のスイッチを切っちゃったのかな」と樹里が言った。

「かあさんのことだから、もう意識は飛ばしちゃってこの部屋のどこかから見ているのかもね」と奈奈が言う。

もう意識が戻ることは期待できないのかもしれない。これを危篤状態というのだろう。最期の瞬間が近づいていることを覚悟しなければならないようだ。

入院したのはわずか十日前だ。最初は退院して自宅で、前のような生活をまだすこしは続けられるものだと思っていた。実際、一時期は食欲も戻って一階のロビーまで一緒に歩いていくこともできた。

回復の見通しが厳しそうになってからも、以前のようにふたりで外出できなくてもいいから、家族で妻の看病をして過ごす。そういう時間が、しばらくはあるものだと思っていた。

予定通り今日の夕方に退院して、最後の穏やかな日々を自宅で過ごさせてやりたいと、昨日までは願っていた。私が付き添って、樹里が介護食を作って、庭の花や鳥の姿を見せてやりたい。しかしそれはもう、どうにもかなわないらしい。

それにしても病院で最期を迎えることだけは避けたい。ノンちゃんの「この部屋に死に神はいない」という言葉が浮かんだ。その言葉を信じたい。看護師に、とにかく早く連れて帰りたいと話した。看護師はK医師が間もなく来るので、相談してほしいと言った。

家にいる仙君から、介護ベッドが着いたと電話があった。それなら、千ちゃんを連れてすぐ病院に来るようにと言った。もう、非常事態だ。千ちゃんを病室に入れてもいいだろう。

三十分ほどで仙君が来た。千ちゃんを抱いている。

「千ちゃん、来たよ」と樹里が言う。

すると直美が自分でベッドに肘(ひじ)をついて起き上がろうとした。ちゃんと聞こえている。わかっているのだ。

直美から見えるようにベッドに千ちゃんを寝かしてやった。

もう一度、直美が起き上がろうとした。

「よしよし。千ちゃんを抱っこしたいんだね」

今度は私が後ろから支えて、直美の上半身を起こしてやった。力の入らない両腕に千ちゃんを抱かせてやる。目はあらぬほうを向いているが、孫の温かく柔らかい感触は腕から伝わっているだろう。

家へ

やがてK医師が病室に入ってきた。

「腸に達した腫瘍の崩壊が起きたのかもしれません。多臓器不全の状態です」

「さっき孫を連れてきたら、起き上がろうとしたんです」

「ええ、ちゃんと聞こえておられると思いますよ」

「すこしでも早く家に連れて帰りたいのですが」

「介護タクシーの手配をしましょう。ドクターゴンにもこちらから連絡します。ただ、もし途中で容体が急変すると、病院に戻らないといけない場合があるかもしれません。それはご承知おきください」

入れ替わりに退院調整室長が来た。

「真田さん、おうちに帰れますね」と直美に声をかける。

室長が入院費の精算など事務的な手続きを進めてくれた。

「外来の仕事の区切りをつけて、Ｋさんも一緒に介護タクシーに乗るそうです。すこし待ってください」

病室の荷物を片づけた。入院した夜、いったん家に戻って直美に言われたものを詰め込んだ小さなスーツケースがある。それにまた衣類や身の回りの品を詰める。こんな形で帰宅することになるとは思わなかった。

「それ、持って帰るの忘れないでね」

そんなことでいいから声が聞きたいと思った。直美は確かにそこにいるのだが、もう話してはくれない。

冷蔵庫の中のものは保冷バッグに入れた。果物の入ったゼリーや栄養ゼリー、プリン、リンゴ。食べさせようと思って買ってきたものは何一つ食べてもらえなかった。

介護タクシーの職員が二人来た。介護タクシーは民間の救急車のようなものだ。大きなワゴン車で、患者をベッドに寝かせたまま運ぶことができる。患者以外にも数人乗ることができる。

看護師が二人で、病院のパジャマから私服に着替えさせる。食べ物を二度吐いた日の夜、この病院に来る時に着ていたものだ。移動用のベッドに乗せ、入院した時に上がってきた大型のエレベーターで一階に降りた。救急の入り口の外に、白い介護タクシーが待っていた。

外来の患者の区切りがなかなかつかないのか、K医師はすぐには来なかった。しばらく待って、車に乗り込んできたK医師はもう一度言った。

「もし途中で容体が急変したら、救急で病院に戻ることになります。それだけはご承知ください」

われわれ家族が運転席の後ろの座席に座り、K医師と介護タクシーの職員のうちのひとりがベッド脇に座って出発した。

「北鎌倉から建長寺前の道は混んでいる可能性がありますので、深沢のほうから回っていきます」と運転手が言った。

平日とはいえ建長寺前は渋滞の名所だ。とにかく早く家に着いてほしい。深沢から佐助を通っていくのだろう。多少遠回りかもしれないが、そのほうが賢明だ。

渋滞はなく、車は順調に走った。二十分ほどたったところで、後ろからK医師が言った。

「すこし脈が弱くなっています。家族の方、こちらに来て励ましてあげてください」

千ちゃんを抱いた樹里は残して、私と奈奈が、K医師と職員に替わって、ベッド脇に移った。

「かあちゃん、もうすぐ家だよ」

「がんばって」

「あとすこしだからね」

「おうちに帰ろうね」

「一緒に帰るんだよ」

直美の手を握ったり、足をさすったりしながら、ふたりで励まし続けた。

妻はがんばってくれた。遠回りしたので三十分以上かかったが、ようやく家に着いた。

妻もほっとしたのだろう。介護ベッドに移すと、静かに眠っていた。ふだんから寝息もあまり立てないような眠り方をする。

「死んだように眠ると言われるの」と自分で言っていた。

それと同じようだった。ときおり目を開ける。瞳は左右に動くが、何を見ているわけでもないのだろう。いつも使っている緑色のタオルケットを掛けた。家にいる実感がわいた。

樹里が庭に面した掃き出し窓のカーテンを開けた。花壇のバラの木や、弓のような枝を四方に広げた萩（はぎ）が見える。枝の先では赤紫の花が咲きはじめている。等々力から連れてきたクワズイモのくーちゃんの鉢もウッドデッキの上にある。直美はもう起き上がって庭を眺めることはできないが、光を感じることはできるかもしれない。

介護ベッドの隣に、千ちゃんのために広げてあった簡易ベッドを並べた。そこに千ちゃんを寝かせた。

「隣に千ちゃんがいるよ。よかったね」

もう抱っこすることはかなわないが、一緒に寝ていることはきっとわかるだろう。ゴールドコーストの樹里の家で、毎晩千ちゃんに添い寝をしていたことを思い出しているに違いない。

午後になって、ドクターゴンの看護師が二人来た。体温や脈拍、血圧などを測る。

「バイタルは正常です」

体温三六・七度、脈拍九六、血圧一四八と八二。危篤状態の人とは思えないほど普通の数値だ。

二人は体をきれいに拭いて、着替えもさせてくれた。

「いまはよく眠っていらっしゃいます。容体が変わってくると、下顎（かがく）呼吸といって顎（あご）を動かして呼吸をされるようになりますので、注意してください。急変があれば二十四時間対応しますのでご連絡ください」

そう言って看護師は帰っていった。やがて奈奈の夫もやってきた。私たちは眠っている直美を囲んで、ふだんのように過ごした。千ちゃんをあやし、食事をし、妻に声をかけたり足をさすったりした。

入院生活で妻の髪には寝癖がついてしまっていた。シャワーも数日していない。

そういえばドライシャンプーがあるのを思い出した。去年、北里大学病院に入院した時に妻に言われて買ったが、その時は使わずにすんだ。髪に吹きかけて、水なしで洗うことができる。樹里と奈奈がそれで髪をきれいにした。

若いころは肩にかかるような長い髪だったが、歳とともに短くして、この数年はベリーショートに近い髪形にしていた。

「ああいうきれいな白髪にしたいな」

テレビで白髪の女性評論家を見ると、よく言っていた。

「鎌倉に行ったら、もう染めるのをやめるの。きっととうさんよりまっ白よ」

もうすぐ白い髪にするからと、最近は洋服を買う時もそれに合うようなものを選んでいた。

しかし、入院や手術でそのタイミングを逃してしまったのだろう。今回の入院の数日前に自分で髪を染めていた。だから白髪はまだあまり伸びていない。樹里と奈奈が整えてやると、いつものような髪に戻った。

すーすーと寝息をたて、ただ普通に眠っているようだった。病院にいる間は、痛み止めが切れると苦しがった。しかし、いまは何の痛みも感じていない穏やかな寝顔だ。

深い眠りに

夜が来た。ベッドの脇にはいつも誰かが交代でついていた。祭り囃子の笛や太鼓が絶えず聞こえていた。今日は鶴岡八幡宮の例大祭の宵宮だ。明日が本番で、若者たちが神輿を本殿から二の鳥居まで担ぎ、境内の舞殿では少女たちの八乙女の舞がある。明後日は流鏑馬神事だ。いまごろはもう、境内を東西に横切る流鏑馬道の中央に土を盛って、馬のための走路がこしらえられているだろう。

「とうさん、すこし眠ってきなよ。私たちついているから」と樹里が言う。

「そうさせてもらうか」

しばらく二階で休むことにした。

目が覚めたのは午前一時半ごろだった。階下に降りると直美の隣の簡易ベッドで奈奈と千ちゃんが眠っていた。樹里は起きていた。私が隣に座ると奈奈も目を覚ました。

直美は目を開けている時間が長くなった。そして次第に開けっ放しになってきた。静かだった呼吸がすこし速くなった。やがて顎が動くようになってきた。これが下顎呼吸というものなのだろう。

ドクターゴンに電話をすると、当直の看護師が出た。

「下顎呼吸が出はじめたのですが」

「そうですか。いまの段階では見守っていただくしかありません。残念ながら医師が行ってもできることはありません。異変があればまたご連絡ください」

亡くなったら知らせてくれ、ということなのだろう。

直美の呼吸は次第に弱くなった。しかし、もう止まるかと思うとまたすこし大きな息をする。これが最後の息か、と何度も思った。

仙君たちも降りてきて、ベッドの周りに家族全員が集まった。私が直美の顔の左側にいて、樹里と奈奈が右側にいた。二人の夫は足元にいた。

直美は顔をやや左に向けていた。呼吸がゆっくりになり、やがて止まった。

「かあちゃん」と呼びかけて、頬に頬を合わせた。すると息が戻った。また止まり、呼びかけて頬を合わせるとまた復活した。そんなことを三度繰り返した。

四度目はもうなかった。

息を引き取るとはこういうことか、と思った。

直美は亡くなった。

「かあちゃん、長い間ありがとう」と私は直美の髪をなでながら言った。言ったつもりだが、ちゃんと言葉になっただろうか。みな手を握ったり足をさすったりしながら、口々に「ママありがとう」「かあさん、ありがとう」と繰り返した。

直美はほほ笑んでいるような表情だった。家に戻ってからは一度も苦しそうな顔はしなかった。樹里が言うように、痛みや苦しみの回路を切って、深い眠りに入っていったのだろう。隣の簡易ベッドで横になっている千ちゃんも起きて笑っていた。腕時計を見ると三時二十一分だった。

直美の両手を胸の前で合わせてやった。まだ手は温かくて柔らかく、ただ眠っているように思えた。

ドクターゴンに電話をすると、三十分ほどで医師と看護師が来た。医師は呼吸、脈と瞳孔（どうこう）を確認して「お亡くなりになりました」と言った。「死亡時刻は」と言って壁を見たが、そこには時計がないので、私が腕時計を見て「三時五十七分です」と言った。それが直美の正式な死亡時刻になった。

医師がダイニングのテーブルで死亡診断書を書いている間に、看護師と娘二人が直美の着替えをした。いつも着ていたお気に入りのゆったりとした上着とスパッツにした。

玄関先で医師らを見送ったついでに郵便受けを開くと、もう朝刊が来ていた。一面の「天声人語」は月の話を書いていた。直美は中秋（ちゅうしゅう）の名月の日に旅立ったのだった。

穏やかな死

娘二人は直美の化粧道具を取り出して、化粧を始めた。パウダーを塗り、薄く頬紅と口紅を引くと生きているようになった。

病院では鎮痛剤が効かずに苦しんでいた時もあったが、自宅に戻ってからは顔の筋肉の緊張も解けたように思えた。数日間ほとんど食べていないから、輪郭が若いころの細さに戻ったような気もする。こんな穏やかな死に顔はない、自分の妻は美しいと思った。

台所に置いたアイスボックスには、ジュースにするための有機ニンジンがまだ十キロほど入っていた。結局食べてもらえなかったオートミールもある。玄米クリームやら春ウコンやらエビオスやら、樹里が注文したいろんな栄養食品は直美が一度も口にしないまま残っていた。

届いたばかりの本が、台所のカウンターにあった。直美が病院で「アマゾンで頼んでおいて」と言った本だ。鎌倉在住の料理研究家、辰巳芳子（たつみよしこ）さんの『あなたのために——いのちを支えるスープ』という。

「スープに託す」と題した前書きにこう記されている。

「つゆもの、スープ」と人のかかわりの真髄は、と問われましたら、あらゆる理論を超えて、「一口吸って、ほっとする」ところ。いみじくも「おつゆ」と呼ばれている深意と答えたいと思います。

作るべきようにして作られたつゆものは、一口飲んで、肩がほぐれるようにほっとするものです。

滋養欠乏の限界状態で摂れば、一瞬にして総身にしみわたるかに感じられるそうです。この呼応作用は、いつの日にか解明されますでしょう。

「おつゆ―露」いつ、どなたがこの言葉を使い始められたか知るよしもありませんが、露が降り、ものみな生き返るさまと重ねてあります。

本の中で最初に紹介されているのは、香ばしく煎った玄米と昆布、梅干しのスープ。写真から玄米の香りが漂い、昆布や梅干しの滋味が口に広がってきそうに思える。いかにもおいしく体を元気にしそうだ。

材料のところを読むと「無農薬、有機栽培の枠にかなう梅干しとして、和歌山・龍神の梅をすすめる」とある。それこそは直美の故郷ではないか。うちにも龍神の梅干しがまだあったはずだ。

しいたけスープ、大麦入りレモンスープ。どれもきっと、飲めばほっとする味なのだろう。

直美は家に帰って、こんなスープを飲みたかったに違いない。飲ませてやりたかったと思う。

　直美の余命が、早ければ年内に尽きると聞いた時、うまくいけば年を越せるか、来春ぐらいまではなんとか持たないだろうか、と思った。いや、運がよければ二年、三年ぐらいは、とも期待した。今年もまだずいぶん残っているこんな季節に、最期を迎えるとは想像もしなかった。

　直美もきっとそうだろう。少なくとも、退院してからしばらく、自宅での生活があると思っていただろう。家の台所で樹里が作った、こんなスープを飲みたいと思っていたのだろう。


　人が亡くなれば、否応なしに現実的な手続きを踏まねばならない。朝になってまず葬儀屋に電話をした。午後にドライアイスを持って、打ちあわせに来るという。和歌山の実家には私が電話をした。弟の敏尚君が絶句していた。妻が連絡をしてくれと言っていた十一人には、樹里と奈奈が手分けをして電話をした。

　葬儀屋が遺影にする写真の用意をしておいてくれと言う。娘二人と一緒に直美の写真を探した。若いころはそうでもなかったのだが、妻はある時期から写真を撮られるのを嫌っていた。記念写真を撮るといっても、「私はいい」と抜け出すぐらいだったから、ひとりで大きく撮ったものはあまりない。

入院中に妻と写真の話をしたことがあった。

「あんまりいい写真がないな」と言うと、妻は「ゴールドコーストの病院で樹里と千ちゃんと三人で撮ったのがあるの。あれを飾ってほしいな」と言った。

樹里に話すと、直美に見せるつもりでその写真を持ってきているという。千ちゃんが産まれてすぐのころ、病室に写真屋が巡回してきた。その時に撮ってもらったものだという。千ちゃんをまん中に、左に樹里、右に妻が頬を寄せあっている。B5サイズぐらいに引き伸ばしたモノクロの写真だ。母娘が笑っていていい写真だけど、直美の顔が全部は入っていない。

それでは奈奈の結婚式の時のにするか、樹里の結婚式の時に写したのがいいか。カンボジアで私が撮った写真は、コオロギの揚げたのを持って笑っているのだが、帽子をかぶっている。それに十年も前のだ。結局、比較的いい表情をしている、樹里の結婚式の時に撮った写真にした。

昼過ぎに葬儀屋が二人で来た。直美の胸のあたりに大きなドライアイスがのせられた。そのうえにそれまで掛けていた緑のタオルケットを掛けた。頬をさわるともう冷たいが、生きている時と同じ弾力はあった。

枕元の線香は断り、代わりに妻が好きだった竹林の香りのお香を炷(た)いた。顔にかぶせる白い布もいらないと言った。そのまま顔を見ていたいと思った。娘たちもそうだろう。

妻は独特の宗教観を持っていたので、葬儀も無宗教がいいと言っていた。家族程度の葬儀で無宗教だと、僧侶も牧師もいないから、することといえば献花ぐらいしかない。何かお好きだった音楽を流しましょうと葬儀屋が言う。妻が数年前まで習っていたヨガをする時のCDを娘たちが探してきた。

枕元に花が欲しいな、とふと思い、自転車に乗って出かけた。駅前の花屋で直美が好きだったオリエンタルリリーを買い、ついでに大町の文海堂(ぶんかいどう)に寄って、千ちゃんたちと三人で写した写真の額装を頼んだ。

店の主人は「親子三代の写真ですね。みんないい表情をして」と言った。

午後四時ごろになっておーちゃんが来た。「直美ちゃん」と言ったきり、直美の前に座り込んでしばらく涙が止まらない。

「せっかく鎌倉に引っ越して、これからという時にねえ。気丈で何でもひとりでする人だった。私は何にもできないから、いつも直美ちゃんは人の世話ばかりして。去年の冬にここに来た時は『私が泣かないんだから、泣かないで』って逆に言われたりして」

大きな満月

夜になった。

「月が出てる」と、千ちゃんを連れてウッドデッキに出ていた樹里が言う。

この日は一日曇っていたのだが、外に出てみると奇跡のように雲が切れて、裏山のすぐ上に大きな満月が浮かんでいた。千ちゃんと樹里と三人でしばらく見とれていた。妻にも見せたいと思った。いやもう魂は体を離れて、一緒に見ているかもしれない。

相変わらず祭り囃子が聞こえる。今日は鶴岡八幡宮の例大祭の本番だった。明日が最終日で、境内は流鏑馬見物の人で賑（にぎ）わうだろう。

翌日、敏尚君が予定を一日早めて来るというので、昼過ぎに駅に迎えに行った。そのあとには、横浜に住んでいたころから仲のよかった直美の友人三人が来た。直美の好きなユリの入ったアレンジフラワーを持ってきてくれた。前日買ったユリと合わせて枕元が華やかになった。

三人は、直美のがんの再発を聞いてから鎌倉三十三観音霊場巡（めぐ）りを始めたという。それを今日でやっと周（まわ）り終えた、と御朱印帳も持ってきてくれた。本当はもっと早く来たかったのだけど、そのために午後になったのだという。直美のお棺に入れてやることにした。

弔問（ちょうもん）の人が来てくれるのはありがたいが、その人たちが涙を流すたびに、こちらも泣けてくるのが困る。

友人三人が帰ったあと、私は敏尚君を誘って、まだ明るいうちからビールを飲みはじめた。直美と一緒に和歌山に帰った時は、いつも彼と二人で夜遅くまで飲んだものだ。

「『あの二人は仕方ないわね』と直美も言ってるよ。かまわないから始めよう」

直美は四人きょうだいの三番目だ。子どものころから、末っ子の敏尚君とは一番仲がよかった。自分の友だちと遊ぶ時にも敏尚君を連れて行ったという。

われわれが名古屋にいたころには、敏尚君も名古屋の大学に通っていた。鳴海(なるみ)にあった社員寮によくやって来た。妻が自動車学校に通っていた時には、娘たちの面倒を見にきてくれた。奈奈のオムツも替えてくれた。だから樹里や奈奈も敏尚叔父さんの話を聞くのは好きだ。

敏尚君のところは娘が三人いる。美容師をめざしている長女の話、バレーボールで県の代表になった次女の話、姉と一緒にバレーボールをしている三女の話。うちではずいぶん前に終わってしまった子育ての話が楽しい。

直美が八月に和歌山に行った時の話も聞いた。ずいぶん気前よく、三人娘に服やケーキを買ってやったらしい。

夕食を食べたあとも話は続いた。ビールはいつしか焼酎になった。

気がつくと私は簡易ベッドで寝ていた。娘がタオルケットを掛けてくれたらしい。敏尚君はホテルに戻ったようだ。

隣のベッドに直美がいた。照明は薄暗かったが、その横顔がきれいだなと思いながら、私はもう一度眠りについた。

終章　最高の一年

最後の数日、直美は何を考えていたのだろう。死を覚悟した人の心の中は、どんなものなのだろう。直美は残された時間の長さを察知し、するべきことをし、言うべきことをきちんと言って、去っていった。

彼女は強い人だったと思う。最後の一年を自分で、悔いのない最高の一年にしたのだった。

直美の葬儀の日は一日中雨だった。遅い朝食を家族みんなでとった。冷凍庫に直美が大量に作ったミートソースが残っていた。スパゲティを茹(ゆ)でて食べた。彼女の最後の手料理だった。

葬儀は午後一時から鎌倉市内の葬儀場で営んだ。家族、親族と、妻が連絡してくれと言っていた友人らみんなで二十数人の簡素な葬儀だった。

無宗教だから僧侶もいない。妻がヨガをしていたころによく聞いていた音楽を繰り返し流し、お互いに思い出を話した。

二十分余りたったところで献花をし、そのあと私が挨拶をした。

普通に話そうと思ったが、最初のところでしばらく言葉が出なかった。そんな経験は初めてだった。

今朝、妻の最後の手料理を味わったこと。こういう日が来ることを予想はしていたが、思ったより早かったこと。一番したかった長女の出産の手伝いができて本人は、後悔はないと言っていたこと。鎌倉といまの家が気に入っていて、その家に連れて帰って家族全員で見送れたこと、などを話した。

最後に、直美のことを忘れないで欲しいと話すと、友人の中には涙をぬぐっている人もいた。

棺を閉じる前に、献花した花をみんなで中に入れた。直美の頭から足元までが色とりどりの花で埋まった。前日の納棺の時に眼鏡や靴、やりかけの数独、友人が巡（めぐ）ってきてくれた鎌倉三十三観音霊場の御朱印帳などを入れてある。

午後二時に出棺し、霊柩車と小型バスは逗子の方向に向かった。

雨に濡れた坂道を上ると、小坪の火葬場に着いた。直美の遺体は一時間ほどでまっ白な骨になった。

翌日、鎌倉市内にある樹木葬墓地二カ所を樹里や奈奈らと見学した。近いほうの浄明寺の霊園に決めた。家から歩いて十五分ほどだから、いつでも墓参りに行ける。

五十日がたったころに埋葬した。お墓にお骨を持って行く前に、自宅の庭の花壇にすこしだけ、粉になったような骨を撒いた。霊園までは、私が骨箱を持って家族みんなで歩いていった。

いま直美はバラの木の下で眠っている。彼女の骨を埋めた地面の、すぐ手前の縁石に小さな名前のプレートが張られていて、その隣には私の名のプレートもある。

墓があるのは、自宅の裏を流れる滑川をすこし遡ったところだ。衣張山の麓で、きつい坂をすこし登る。霊園からは向かいの山々が望め、足元には児童施設や民家が見える。川が流れ、山に挟まれた風景は、鎌倉だということを知らなければ、山里のようにも見えるかもしれない。

直美はいつもそんな景色を見ると、

「まあ、龍神みたい」

と嬉(うれ)しそうに言った。
今回もそう言ってくれるのではないかと思っている。

著者紹介

一九五六年、大阪市に生まれる。京都大学文学部哲学科を卒業。一九八〇年、朝日新聞入社。警視庁キャップ、プノンペン・ジャカルタ支局長、アジア総局長などを経て論説副主幹。二〇一〇年一一月から二〇一八年三月まで夕刊のコラム「素粒子」を担当。二〇二一年に退社後、朝日カルチャーセンターで文章教室の講師を務める。

著書には『朝日新聞記者の２００字文章術』『朝日新聞記者の書く力』（以上、さくら舎）がある。

最高の一年
――五十六歳で逝った妻は教えてくれた

二〇二三年六月八日　第一刷発行

著者　真田正明
発行者　古屋信吾
発行所　株式会社さくら舎　http://www.sakurasha.com
東京都千代田区富士見一-二-一一　〒一〇二-〇〇七一
電話　営業　〇三-五二一一-六五三三　FAX　〇三-五二一一-六四八一
編集　〇三-五二一一-六四八〇
振替　〇〇一九〇-八-四〇二〇六〇

装丁　村橋雅之
写真　高橋結宇／アフロ
印刷・製本　中央精版印刷株式会社

ISBN978-4-86581-390-6